マロウン死す

サミュエル・ベケット

宇野邦一 訳

河出書房新社

目次

マロウン死す

カバー袖写真
——
ブラッサイ

装画
——
三井田盛一郎

装丁
——
小池俊起

それにしても私はもうすぐ、やっと、すっかり死んでしまうはずだ。たぶん来月に。つまり四月か五月か。なにしろ今年は時がたつのが遅い。あれやこれやの兆しでそれがわかる。勘違いかもしれないし、聖ヨハネの日[01]をすぎて、革命記念日の七月十四日だってすぎてしまうかもしれない。まさか、このままだと御変容の祝日[02]まで生きてしまうことだってありうるし、聖母被昇天の日[03]まで生きるかもしれない。だがそうは思わない。今年こういう祭りでみんなが浮かれているとき、私はもういないと言ってまちがいないはずだ。数日前からそんな予感があって、これは当たっていると思う。しかし生まれてこのかたずっと私を惑わしてきたいろんな予感と、この予感はどこがちがっているのか。いや、こと私に関して、こんな問いはもう無意味だ。もう余興はたくさん。自分で望むなら今日にも死ぬかもしれない。一押しするだけでいい。望めるものならば、一押しできるならば。しかし成り行きで死ぬほうがいい、じたばたせずに。何か変化が必要だ。もう、ものごとを秤にかけたりしたくはない。あっちでもこっちでもない。私はどっちつかずで動かない。簡単なことだ。不意を襲ってくることに注意するだけでいい。そもそもここに来てから、不意を襲われることなんてなくなった。確かにときどき堪忍袋の緒が切れるときもある。もう二、三週間たっているが、いま気をつけることにしているのはこのことだ。もちろん何も誇張したりしないし、静かに泣き笑いするだけで、興奮したりはしない。そう、やっとありのまま、苦しみが増すかと思うと減り、もう結論を出したりすることもなく、自分の言うことに耳を傾けることはまれ、もはや冷たくも温かくもなく、生ぬるく、生ぬるいまま死ぬだろう。感動もなく。自分が死ぬのは見ないだろう。そんなことがあったら、何もかも狂ってしまう。私は自分の生きるのを見たことがあるだろうか。不平を言ったことがあるだろうか。それならいまになって、何のため楽しもうとするだろう。私は満ち足りている。当然だ、しかし拍手するほどじゃない。いつだって満ち足りていたし、自分が報われるとわかっていた。私に借りがあるなじみの人物、いまここにいる。そんなら歓迎してやろうか？　もう質問には答えない。自分に問うのもやめることにしよう。私を埋めていいし、もう地上に姿を見せないようにしていい。いまから私は自分にいろんな話をして聞かせる、もしできるならば。前と同じ話はしない、それだけだ。美しくもなく邪でもなく、穏やかな話で、醜さも美しさも熱狂もないだろう。ほとんど生気もないだろう。語り手と同じだ。いまなんて言ったっけ。どうでもいい。私はそれで大いに満足する見込みだ。ある種の満足だ。私は満足で、この通り申し分なく、借りも返してもらうし、もう何もいらない。まず言わせてもらう。私は誰も許さない、誰にもむごい一生、そして地獄の炎と氷を願い、おぞましい未来の世代に栄えある記憶が伝わるように願う。今夜はもうたくさんだ。

今回はどこに向かうかわかっている。もう昔の、過ぎ去った夜ではない。いまこそ戯れのとき、私は戯れるつもりだ。いままで私は遊びを知らなかった。遊びたくてもそれはできないとわかっていた。それでも、なんとか遊ぼうとしてみた。どこにも明かりをともした、あたりをよく見てみた、目に入ったものと戯れはじめた。人も物もただ遊びたがった。動物だって同じだ。幸先はよく、みんながこっちにやってきて一緒に遊べるのを嬉しがった。私が「いまは背むし男がほしいな」と言えば、背むし男がすぐ飛んできて、立派な瘤が誇らしげで曲芸までやって見せた。服を脱いでみせてくれと私が頼むなんて、彼は考えもしなかった。しかしすぐに私は暗闇のなかでひとりになっていた。だから戯れようなんてもう思わなくなった。形を成さないもの、不明瞭なもの、興ざめな憶測、暗闇、腕を前に突き出して長いあいだ歩くこと、かくれんぼを、永久の仲間にすることにした。もうすぐ一世紀になるが、言うならば私はずっとこんな堅物だったわけだ。いまこそ転機で、もう戯れることしかやりたいことはない。いや、いきなり誇張するのはやめよう。とにかく私は大半の時間を戯れてすごしたい、これから大半の時間を、できることならば。しかしたぶんいままでよりもうまくいくことはないだろう。たぶん昔のように、玩具も明るみもなく、見棄てられた自分を見出すだろう。それならひとりきりで戯れるだろう。自分自身を見ているかのようにふるまうだろう。こんな計画を思いつけただけでも私には励みになる。

　夜のあいだに私は時間割を工夫しなければならなかった。自分自身に四つの話を物語って聞かせることができると思う。ちがう題目ごとにちがう話だ。ひとつはある男、もうひとつはある女、三つめは何でもいいから物について、最後は動物、鳥でもいい。何も忘れちゃいないはずだ。これでよかろう。たぶん男と女を同じ物語に入れることにする、男と女のあいだにほとんどちがいなんかない。私の仲間うちでは、という意味だ。たぶん話を終える時間がないかもしれない。しかしもうひとつの可能性として、私の話はすぐ終わってしまうかもしれないのだ。ほらやっぱり昔からの難題は続く。しかしほんとうに難題なのか。わからない。話が終わらなくたって、大したことじゃない。しかしすぐ終わらなくちゃならないとすれば？　それだって大したことじゃない。なにしろそのときは自分の持ち物の話をすればいい。ずいぶん昔から企んでいたことだ。それは目録みたいなものになるだろう。とにかくまちがいがないのを確かめるために、これは臨終のときまでとっておかなくちゃならない。そもそも何が起ころうとも、これだけはきっとやりとげる。せいぜい十五分ほどあればいい。その気になればもっと時間をかけてもいい。しかし臨終のときに時間がとれなくても、十五分もあれば財産目録を作るには充分だろう。これからは偏執的ではなく明晰でありたい。これが私の計画のなかにあることだ。確かに私はいつだって、突然消えてしまうことがありうる。それなら、これ以上引き延ばさないで、私の持ち物のことを喋ってしまうほうがよくないか。そのほうが無難ではないか。場合によっては最後の瞬間に訂正してもいい。こんなふうに理性は私に勧告している。ところがこの頃私は理性とそりがあわない。どう考えてもそうしたほうがいい。それに財産目録を残さずに死ぬなんて、ほんとうに私はそんなことを受け入れていいのか。とうとう私は屁理屈を並べ始めた。私は諦めてしまうかもしれない、そうする危険だってある。一生のあいだ、私はこんな総決算をすることは控えてきた。まだ早い、まだ早い、とつぶやきながら。確かにまだ早すぎる。一生のあいだ、いつもそのときを夢に見てきた。やっといい具合に落ち着いてきたことだし、すべて失ってしまう前にもうけりをつけて、おねんねする。そんなときがせまっている。それでも平静を失ったりはしない。だからまず私のいろんな話、そして最後に、万事順調なら、私の財産目録。そして男と女の話から始めて、あとはもう男とも女ともおさらばしよう。それが最初の話だが、それで二つ分の話の種はないだろう。すると結局三つの話だけになる。いま言った男と女の話、それから動物の話、次に物、おそらく石の話。どこにもあいまいなところはない。それから私は財産に取り掛かるだろう。そのあとでもまだ生きていたら、まちがいがなかったか確かめるために必要なことをするだろう。ここまでは決まっている。以前は自分がどこに行こうとしているかわからなかった。しかし到着することならわかっていた。わけのわからない長い行程が終わってしまうことはわかっていた。なんてあいまいなんだ、畜生。まあいい。いまは戯れなくっちゃ。この思いつきになかなかなじめない。昔のように霧のなかだ。いまは反対のことを言わなくちゃならない。なにしろ、いまははっきりしてきたこの道を、最後までは行けないと思う。それでも希望はある。この瞬間に私は時間を失っているのか、稼いでいるのか、見当がつかない。同じように私が決めておいたのは、自分の話を始める前に現在の状況を手短に思い出しておくことだ。私はまちがっているかもしれない。弱さゆえだ。大目に見ることにしよう。そのあとで、なおさら熱心に戯れるだろう。そもそもこれは財産目録と対になるはずだ。だから私には美学がある。つまりある種の美学がある。なにしろ自分の所有物について語るには、改めて真剣にならなければならない。そういうわけで私の残りの時間は五つに分割された。五つの何か。わからない。たぶん何だって分割されるんだ。もしまた考えようとするなら、私は死の瞬間を見失ってしまうだろう。この予感には何か魅力的なものがあると言わなければならない。しかしわかっている。数日前から私には何でも魅力的に思える。例の五つに戻ろう。現在の状況、三つの話、財産目録、これで五つだ。幕間に寸劇も入れよう。これは予定表だ。のっぴきならないことでもなければ、予定通りにやる。これで決まりだ。大きな誤りを犯しているかもしれない。まあいいさ。

現在の状況。ここは私の部屋のようだ。そうでなけりゃ、ここにいられる理由がわからない。しばらく前から。なんらかの権力が仕組んでいるのでなければ。そんなことはありそうにない。私のことで、どういうわけで権力が方針転換したのか。いちばん単純な説明ですませるのがいい、たとえそれほど単純じゃないとしても、たいして説明になっていないとしても。特に明確でなくてもいい。かすかな光だって、異常な状況で生きるには支えになる。ちっぽけな頼もしい光。たぶん前にここにいた人物が死んだので、私はこの部屋に入れられたのだ。とにかくこれ以上詮索するのはやめよう。ここは病室ではないし、精神病院の部屋でもなさそうだ。一日のいろんな時刻に耳を傾けてみたが、疑わしいことも、異常なことも決して聞こえず、いつも自由に寝起きし、食事を作り、行ったり来たり、泣いたり笑ったり、あるいは何もしない人間の穏やかな物音が聞こえただけだ。窓越しに見ると、どうみても私は療養所のようなところにいるわけではないと思える。そんなはずはなく、どうやら普通の建物のなかのありふれた部屋にすぎない。どうやってここにたどりついたのか思い出せない。たぶん救急車で、とにかく何か車に乗せられて。ある日ここのベッドの上にいた。おそらくどこかで意識を失って、仕方なく記憶の欠落の恩恵に浴しているが、その記憶はここで目を覚ましたときだけ甦ってくる。失神にいたった出来事、そのときは無感覚であったはずがない出来事に関して、私の頭には何もはっきりしたことが残っていない。しかしこんな忘却は誰にもあることだし、酔っぱらった明くる日にはよくあることだ。そういう出来事をでっちあげて面白がったことだってある。しかしほんとうに面白がるところまではいかない。ここで目覚める前の最後の記憶をはっきりさせて、出発点にすることもできなかった。確かに歩いていた、一生歩いてきたんだから、最初の数か月、それとここに来てからは別にしても。しかし一日が終わると、自分がどこにいたか、何を考えていたかわからなくなっていた。だから何を、どうやって思い出すことができようか。どんな雰囲気だったかは覚えている。ときどき思い出す青年期はもっと変化に富んでいた。あの頃はまだ世渡りが下手だった。昏睡したまま生きていたようなものだ。私にとって意識を失うなんて大したことじゃなかった。それにしてもたぶん森のなかで誰かに殴られて気絶したのだろう、そうだ、いまになって森と言いながら、おぼろげに森を思い浮かべている。これはみんな過去のことだ。なんとかしなくてはならないのは現在なのだ、仕返しされる前に。ありふれた部屋だ。いろんな部屋を知っているわけではないが、ここはありふれた部屋に見える。結局のところ、自分が死ぬのを感じなくても、もう死んでしまったと思うことはできる。罪をあがなっているところ、または天国の家のなかだ。しかしやっと感じているのだ、もう時間は限られていると。たった六か月前には、もっとはっきり死後の印象を味わっていた。いつか自分がこんなふうに生きているのを感じるなんて、誰かに予告されたりしていたら、私は微笑したところだ。たとえ微笑が気づかれなくても、自分では微笑んでいるのがわかっただろう。最近の日々のことはよく覚えている。その前のおよそ三万日よりもたくさん思い出が残っている。これが反対だったら、そう驚きはしなかった。財産目録を作り終わったとき、まだ死が間近でないとしたら、回想録を書くだろう。おっと、冗談を言ってしまった。まあいい、まあいい。タンスがひとつあるが、なかをのぞいたことはない。私の持ち物は部屋の隅にごちゃまぜになっている。私のもっている長い棒でそれらを動かし、自分のほうにたぐりよせ、元の場所に戻すことができる。ベッドは窓のそばにある。たいていのときは窓のほうを向いている。屋根と空、大いに努力すれば道路の端まで見える。野原も山々も見えない。近くにあるはずなのに。結局、私に何がわかっているというのか。海も見えはしないが、荒れているときは波の音が聞こえてくる。向かいの家の部屋のなかをのぞくことができる。

そこでときどき奇妙なことが起きる。奇妙な連中だ。たぶん異常な人間たちだ。あっちだって私が見えるにちがいない。窓にぺったりくっつけた私のぼさぼさの大頭が。いまほど、たくさん長い髪を生やしていたことはない。私がこう言っても誰も逆らうはずはない。しかし夜には、彼らに私が見えるわけがない。決して電灯をともさないからだ。私はここで少し星に興味をもつようになった。しかしそれで自分がどこにいるかわかるわけではない。夜、星を見ていると、突然ロンドンにいるような気になった。ロンドンまでやってきたなんて、ありうることか。ロンドンと星に何の関係があるのか。反対に月のほうになじむようになった。いまは月の形と軌道の変化がよくわかっている。ほぼ何時に空のどこにいるか、どの夜には姿を見せないか、わかるようになった。他には何だっけか？　雲だ。実に変化に富んでいる。実に豊かな変化だ。それからあらゆる種類の鳥。窓の縁にやってきて餌をせがむ！　感動的だ。鳥たちは嘴で窓ガラスをたたく。私は何もやったことがない。それでもあいかわらずやってくる。何をほしがっているのか。強欲な鳥たちではない。私はここで自由にしていられるばかりか、世話をしてもらっている！　こんなふうな毎日だ。ドアが少し開いて、誰かの手が小さなテーブルに皿をおいていく。テーブルはドアの横にそのためにおいてある。昨夜の分をとってドアをしめる。毎日おそらく同じ時刻に私のためにこれをしてくれる。食べたくなったときに私は棒をテーブルにかけて、自分のほうにひっぱってくる。キャスターつきのテーブルで、軋みをあげてガタガタしながら転がって来る。必要がなくなったら、それをドアの横に戻す。皿に入っているのはスープで、彼らは私に歯がないことをきっと知っている。私がそれを食べるのは平均して二回に一回または三回に一回だ。おまるがいっぱいになると、テーブルの上の皿の横におく。そうすると二十四時間おまるなしだ。実は、おまるが二つある。よく考えてある。ベッドのなかでは裸で、じかに布団をかぶっている。季節によって布団の数を増やしたり減らしたりする。暑いことも寒いこともない。体を洗うことはないが、汚れていることもない。どこか汚れたと思ったら、指を唾で湿らせてこする。生きながらえようとするなら、大事なのは食べることと排泄することだ。おまると食事、かんじんなのはこれだけだ。最初はやり方がちがっていた。女が部屋にやってきて、せっせとまわりを片付け、なにが必要か、なにがほしいか尋ねた。私はやっとのことで必要なもの、ほしいものが何かわからせた。うまく言えなかった。彼女は理解できなかった。彼女に合った言葉遣い、アクセントを見つけるまでは。そんなのはほとんど私の想像にすぎなかったにちがいない。この長い棒をくれたのはその女だ。棒には鉤がついている。そのおかげで、自分の部屋の一番遠い片隅まで管理することができる。棒はずいぶん役に立っている。棒が私にもたらした災いのほうはほとんど忘れている。それは老いた女だ。どうして私に優しくしてくれるのかわからない。そう、難癖をつけずに、それを善意と呼ぼう。彼女にとってそれは確かに善意だった。私よりさらに年上だと思う。体はよく動いたが、ずっと老けていた。たぶん彼女は、いうならば部屋つきだった。それなら、わざわざ詮索する必要はない。しかし彼女が慈愛によって、あるいは私に対する普通でない哀れみや親しみの感情によって、世話をしてくれたという可能性もある。すべてありうることで、これだって最後に私は信じてしまうだろう。しかし彼女はただ部屋と同じように私に割り当てられたと思うほうが気楽だ。私にはもう彼女の萎びた手と袖の端しか思い出せない。いや、それさえ思い出せない。たぶん彼女は私より先に、もう死んでしまった。たぶんいま私の小さなテーブルにものを運んできて片付けるのは、別の手なのだ。いつからここにいるのかわからない。これはもう言ったはずだ。ただわかっているのは、ここに来る前に私はもうすっかり老いていたということだ。九十歳かもしれない、しかし証明できない。もしかしたら五十代、あるいは四十代にすぎないかもしれない。ずいぶん前からもうそんなことは気にならない。自分の年のことだ。生まれた年はわかっていて、忘れたことはない。しかしどの年にここに来たのかわからない。しかしだいぶん前からここにいると思う。なにしろここの壁に守られていても、それぞれの季節に不愉快なことがあって私はそれをわきまえている。これは一、二年でわかることじゃない。一日全部が、たった二つのまばたきのあいだですぎるようだった。他に付け加えることがあるだろうか。たぶん私自身について少々。私の体は、人がたぶん軽々しくいうところの不随だ。言ってみればもう何もすることができない。もうそこらへんを徘徊することができないのは、ときどきさびしい。しかし私はノスタルジアには向いてない。その気になれば、まだ腕の力をふるうこともできる。ただし方向が定まらない。おそらく〔中脳の〕赤核が青白くなってしまった。私は少し震える、ほんの少しだが。マットレスの軋む音はわが人生の一部で、それには止んでほしくない、つまり微々たる音になってほしくない。仰向けになっているとき、つまり平伏しているとき、そうじゃない、ひっくり返っているときが一番楽だ。このときは自分をぜんぜん骨太と感じない。仰向けになっているが、頬っぺたは枕の上だ。人間たちの空と煙がまた始まるには、目を開くだけでいい。目も耳もずいぶん悪い。海原はもう反射で明るく見えるだけ、私の感覚は自分を感じるだけだ。押し黙り、暗く、鈍く、私は感覚にも向いていない。血流や呼吸の音からも遠く、幽閉されている。自分の苦痛については語るまい。苦痛のどん底に埋もれてしまい、何も感じないのだ。そこで私は、自分の愚かな肉体が気づかないうちに死ぬ。人が見るもの、叫ぶもの、じたばたするものとは残骸にすぎない。残骸は自分のことがわかっていない。この混乱のどこかで、やはり思い違いしたまま、思考は必死にもがいている。思考もまた私を探すが、あいかわらず、そこに私はいない。思考のほうも静まることがない。もうたくさんだ。死に際の怒りは他人にぶつければいい。

そのあいだ私は穏やかだろう。私の状況は大体こんなものだ。

その男の姓はサポスカット。[04] 父親と同じだ。名前は？　知らない。名前なんかいらないだろう。まわりのものはサポと彼を呼ぶ。まわりのものとは誰だ？　知らない。若いときの彼について二言三言。これは必要だ。

早熟な少年だった。勉強は不得手で、無理強いされても何の役に立つのかわからなかった。授業のあいだ心は別のところにあるか、でなければ空っぽだった。

授業のあいだ心は別のところにあった。しかし算数は好きだった。しかし学校の教え方が好きになれなかった。具体的な数をいじることが面白かった。単位の性質がはっきりしないと、どんな計算も彼には無益に思えた。人前でも、ひとりでも、彼は暗算に没頭した。そのとき操る数字で、頭のなかは色や形でいっぱいになった。

なんて退屈なんだ。

彼は長男だった。両親は貧しく病気がちだった。もっと健康になるには、金をもうけるにはどうしたらいいか、両親からよく聞かされた。その話のでたらめさにいつも驚いて、両親が成功しなかったのは当然だと思った。父親は店員をしていて、妻に言うのだった。夜間と土曜の午後にも仕事をみつけなくちゃならない。死にそうな声で付け加えた。それに日曜も。これ以上働いたら、病気になってしまう、と妻は答えた。そこでサポスカット氏は、実際日曜に休まないのはまちがっていると合点した。少なくともそれくらいの分別はあった。しかし平日の夜と土曜の午後に働けないほど虚弱ではなかった。何の仕事をするの?と妻は言った。たぶん帳簿付けのようなことだ、と彼は答えた。庭の世話は誰がするの?と妻。サポスカット一家の生活は自明の理だらけで、薔薇もなく芝生も並木も荒れ放題の庭なんて嘆かわしい犯罪ということに決まっていた。野菜を作ってみようか、と彼は言った。買うほうが安くつくわ、と妻は言った。サポは感心してこのやり取りを聞いた。肥料の値段も考えなくっちゃ、と彼の母が言った。少し黙っていたかと思うと、サポスカット氏は、どんなこともよく考えて実行するようにしているので、肥料の高価なことをよく考えてみた。そのせいで家族はもっと余裕のある生活を送ることができないのだが、妻のほうが、まだできるだけのことをやっていないと自分を責め始めるのを彼は待った。しかし彼女はすぐに、それ以上働いたら寿命が縮まってしまうと納得してしまうのだ。私たちが医者代も節約していることを考えてみろ、とサポスカット氏は言った。薬代もね、と妻は言った。もう少し質素な家に越すことを考えるしかなかった。けれどいまの家だって狭いのよ、とサポスカット夫人。それに、新生児が生まれたかわりに年上の兄弟が出ていって帳尻があうまで、当然ながら年々家は狭くなっていく。それから家は、だんだん空になっていく。そして最後に彼らは思い出だけを抱いて孤立する。そのときは引っ越しするしかない。主人は退職して、妻のほうは力尽きている。田舎の山小屋みたいなところに落ち着いたときは、もう肥料なんかいらないのに、車何杯分でも買う余裕はある。子供たちは、自分らのために捧げられた犠牲を忘れずに助けにきてくれるだろう。彼らのこんなひそひそ話は、たいていの場合、夢物語に終わってしまう。サポスカット家の生きる力は、彼らの体がまったく不自由になってしまうという予想から引き出された、と言ってもいいくらいだ。しかしときどきそこに行きつく前に、二人は長男の現状に注意を傾けた。何歳だったかな。サポスカット氏は尋ねた。彼の妻が答えた。それは妻の役目ということになっていた。彼女はいつもまちがえた。まちがっていた数字を、サポスカット氏が真に受け、低い声で仰天しながら何度か繰り返した。まるで肉屋の肉のような生活必需品が値上がりしたみたいに。同時に彼は、いましがた聞いたばかりの数字の印象を、息子を見てやわらげようとした。少なくとも、それは立派な肉だったのか。サポは父親の、わびしげな、仰天し、人懐っこく、失望した、それでもお人好しな顔をながめていた。父親は、容赦なくすぎゆく歳月を、それとも息子が給料取りになるまでの時間を思っていたのか。ときどき父親はなげやりになって、息子がもっと急いで役に立つ人間になろうとしないことを残念がった。試験の準備をしたほうがましよ、と妻は言った。理由がありさえすれば、彼ら二人は、そろって頭を悩ませた。だからいわゆる会話というものをしなかった。汽車の車掌が旗やカンテラを使うように言葉を使った。ときに彼らは言った。ここで降りよう。息子が目をつけられると彼らは悲しみにくれて、書くことが下手で喋るときは馬鹿なことばかり言うのは、秀でた精神の証拠ではないか、と考えた。しかし同じ景色を黙って見つめていることに、いつも甘んじていたわけではない。少なくともこの子は体が丈夫だ、とサポスカット氏は言った。それほどじゃないよ、と妻は言った。しかし何も通知はなかったぞ、と彼は言った。あの年でそんなことになったら最悪だわ、と彼女。なぜ彼が自由業に向いているのか、彼らにはわからなかった。そんなことはやはり自然にまかせるしかなかった。したがって、彼がそれに向いていないなんてことはありえなかった。二人はできれば彼を医者にならせたかった。年を取ったら彼に診てもらうわ、とサポスカット夫人。すると夫は答えた。どうも外科医になるような気がする。年をとりすぎると手術ができなくなるかのように。

なんて退屈なんだ。しかも私はこれを戯れと呼ぶんだ。気を付けていたのに、どうやらここでも私は自分のことを語っている。最期まで、何か他のことについて話をでっちあげることはできないのか。この闇が積み重なり、この孤独が細工されるのを感じ、それで私は自分を再認識し、美しいかもしれないこの無知、無気力でしかないこの無知が自分に呼びかけるのを感じる。自分の言ったことをもうあまり覚えていない。こんなふうでは遊べない。私の可愛いサポがどこから出て来るのか、何を望んでいるのか、そのうちもうわからなくなるだろう。たぶんこの話はやめて、二番目、さらには三番目に、石の話に移ったほうがいいかもしれない。いや、それでは同じことだ。もっと注意深くなるだけでいいのだ。もっと遠くに行く前に自分が言ったことを、よく考えてみよう。破滅の危険に直面するたびに私は立ち止まって、あるがままの自分を点検してみよう。これはまさに避けたいことだった。しかしおそらくこれが唯一のやり方だった。こんなふうに泥まみれになったあとでは、自分が場違いではない世界をもっと素直に認められるだろう。なんという推理法。私は目を開き、自分が震えるのを見つめ、スープを飲みこみ、自分の持ち物の小山を見つめ、自分の体に昔からの指図を与えるが、この体はそれを実行できないこと、それはわかっている通りだ。自分の擦り切れた意識に耳をそばだて、05もっと楽にやりすごそうとして自分の死の苦しみを台無しにするだろう。やっと広がって私を通してくれる世界からはすでに遠く離れている。

私は自分の話の最初を考え直してみた。理解できないことが数々ある。しかし無意味だ。続けるしかない。

サポには友達がいなかった。いや、こうじゃない。

サポはまわりの仲間たちとはなかよくやっていた。ほんとうに好かれていたわけではないが。劣等生が一人きりなんて、あまりないことだ。ボクシングもレスリングもうまく、足が速かった。ふざけて教師の悪口を言ったし、ときには偉そうに教師に口答えした。足が速かったとは？　やれやれ。ある日、質問攻めにあって彼は声をあげた。わからないって言ってるのに！　お仕置きや居残りのせいで、彼は大部分の時間を学校ですごし、家に帰るのは夜八時ごろになることがたびたびあった。彼はそういう虐待を達観したように受け入れた。しかしたたかれるのは許さなかった。はじめて教師が、やさしさも分別も失って、手に懲罰用のヘラをもってサポに近づいてきたとき、サポはその手からヘラをもぎ取って、窓越しに放り投げようとした。冬のことで窓は閉まっていた。放校になっても仕方がなかった。しかしサポはそのときも、そのあとも放校にはならなかった。私は落ち着いてサポが放校にならなかった理由をさぐってみよう。彼はほんとうに放校されても仕方がなかった。なにしろ私は彼の話に少しも闇の部分を残しておきたくないのだ。少々の闇それ自体は、さしあたって何でもない。そんなことを考えるのはやめて、白日のなかで続けるだけだ。しかし私は闇がどんなものかわきまえている。それは蓄積され、だんだん濃密になり、突然爆発し、何もかものみこんでしまう。

どうして彼が放校にならなかったのか、私が知るわけもなかった。この問いはほったらかしにしておくしかない。それを面白がったりしないようにしよう。この信じられないような寛大さから、私のサポをすぐ遠ざけておくことにしよう。まるで彼が相応の罰を受けたかのように、彼を生きさせることにする。あの小さな浮雲には背を向けよう、しかしこの雲のことはずっと監視していよう。気づかぬうちにそれが天を覆っているなんて、突然私たちが人里離れて隠れ家もない野原で、真っ暗な空に目をあげるなんてことがないように。結局こうすることに決めた。他に解決は見あたらない。最善をめざすだけだ。

十四才で彼は肉づきも顔色もいい少年だった。手首足首も太くて、母親は、いつか父さんよりもずっと大きくなるだろうと言った。おかしな推測だった。しかしもっと驚きだったのは、金髪の丸い大頭で、その髪はブラシの毛のように固くて逆立っていた。彼の先生たちさえも、彼の頭のいいことを認めざるをえず、それに何も付け加えられないのがつらかった。機嫌のいいときに父親は言っていた、サポはいつかみんなを驚かせてくれる。サポの頭のおかげで、父親はこんなふうに思い込むようになり、何が何でも、その思い込みを棄てなかった。しかし息子の視線が我慢できず、目を合わせるのを避けた。あんたそっくりの目だよ、と彼の妻は言った。そんなときサポスカット氏は早くひとりになって、鏡のなかの自分の目を調べてみたくなった。その目は少し青みがかっていた。サポスカット夫人は言うのだった。もっと明るい色だわ。

サポは自然を愛し、興味をもった

なんて惨めなんだ。

サポは自然を愛し、動物や植物に興味をもったし、自分から望んで昼も夜も空にむけて目をあげた。しかしこういったものをどう見たらいいかわからなかった。やたらに見るだけでは、それらについて何も学べなかった。鳥を見ても木を見ても区別がつかなかったし、穀物の種類も見分けられなかった。サフランが春咲くことも菊が秋の終わりに咲くこともわかっていなかった。太陽、月、惑星それに星々を不思議に思うこともなかった。こうした奇妙な、ときに美しいものは、生涯いつでも自分のまわりにあるものだし、それらを知ることはときどき面白いと思ったが、それらのことが何もわからないことも一種の喜びをもって受け入れた。誰かが、つぶやいていた声を大きくして、なんて単純な奴だ、といってても受け入れた。しかし鷹が飛ぶのを見るのが好きで、鷹を見分けることができた。長いこと滑るように飛び、震えながらまちぶせ、垂直に下降するため羽をもちあげ、狂ったように急上昇する鷹をじっと目で追い、あれほどの欲求、誇り、忍耐、孤独に感激した。

まだ諦めるのは早い。私はスープを平らげて、ドアの横のいつもの場所に小さなテーブルを戻した。向かいの家の二つの窓のうち一つが明るくなったところだ。二つの窓というのは、いつも枕から頭をあげなくても見える窓のことだ。正確に言うと、二つの窓が全部見えるのではなく、一つは全部、もう一つは一部だけが見えるのだ。一部しか見えないその窓が明るくなっていた。ちょっとのあいだ、行ったり来たりする女が見えた。そして女はカーテンを引いた。明日までもう彼女は見えないだろう。たぶんときどき影が見えるだろう。彼女はいつもカーテンを閉めるわけではない。男はまだ帰っていない。私は自分の腿から足にまで、ある運動を要求した。この部分のことはよくわかっているから、私の要求にしたがおうとしてそれらが努力しているのが感じられた。それらとともにほんの束の間の時間を味わった。このとき受信された指令と、遺憾な返答とのあいだには、一大ドラマがくりひろげられるのだ。年老いた犬には、主人が明け方に棒を手に持って出かけながら合図しても、もう元気よく飛び出せないときがやってくる。そのとき犬たちはつながれているわけでもないのに、小屋のなかや籠のなかにとどまり、主人の足音が遠ざかるのを聞くしかない。飼い主もわびしい。しかし大自然と太陽がすぐになぐさめてくれたので、彼はもう夕方までは、なじみの伴侶のことを忘れている。家の明かりが歓迎してくれて、力なく吠える声を聞き、彼はつぶやく。注射を打たせるときがきた。これは美談というやつだ。あとはもっとうまく運ぶだろう。私の持ち物を調べてみよう。それから頭に布団をかぶる。そうすればもっとうまくいく。サポにとっても、彼のことを追っかける誰かにとっても。この誰かは、ただ追っかけたいだけ、サポによって、明瞭な、持続可能な道の上に導かれていくことを願っているだけだ。

サポの穏やかさと寡黙さは、愛想よくするためではない。学校や家族のもめごとの最中で、彼はその場でじっとして、しばしば立ち尽くし、前方をまっすぐ、カモメの目のような明るい動かない目で見つめた。いったいこんなふうに長いあいだ何を夢想しているのか、とみんなは思った。父親は、性の目覚めのなす業だと考えていた。十六の頃は、自分もこんなふうだった、と彼。十六の頃には、あんたはもう自分で稼いでいたわ、と妻。確かに、とサポスカット氏は言った。先生たちにとってこれは、むしろまったくの単なる痴呆状態にすぎなかった。サポは顎がはずれたみたいに口で息をした。この様子がなぜエロティックな想いと無縁なのか、よくわからない。しかし実際彼は娘たちのことより、自分のことを、彼の人生のこと、将来の人生のことを想像していた。利発で敏感な男子にとってこれは、確かに顎がはずれるほどのことで、しばらく鼻の穴さえつまるほどだった。しかし用心のために、少し休むことにしよう。

あのカモメの目にはむかつく。昔の挫折を思い出させるが、もうどんな挫折だったか覚えていない。確かにほんのささいなことだ。それにしても心配性になってしまったものだ。何でもないように見える短い文章を知っている。一度うなずいてしまうと、自分の知っている言語の全体が毒されてしまう。無よりも現実的なものは何もない。[06]こんな文章は深淵から飛び出して、深淵に人を呑み込むまでおさまらない。しかしこんどこそ私は首尾よく自分を守るつもりだ。

そこで彼は考える技法を教わろうとしなかったことを後悔した。まず中指と薬指をまげて人差し指を主語に、小指は動詞にしっかり定め、ラテン語の教師が要求した通りにする。そして頭のなかに押し寄せるちんぷんかんぷんな疑問や、欲望や、想像や、心配なんかには少しも、あるいはほとんど耳を貸さないことだ。そしてそれほど力と勇気がなかったなら、彼もまた自分の正体が何か、どんなふうに生きられるか知ることも諦め、見知らぬ人間たちのあいだで、異常な世界で、盲目のまま打ちのめされて生きるだけだったろう。

こういった夢想から、彼は疲れ果てて蒼ざめて脱け出てきた。それで父親は息子が官能的な空想の虜になっているということを確信した。この子はもっと運動をしなきゃならない。成長するとも、成長するとも。この子は優秀な運動選手になるとみんな噂していた、とサポスカット氏は言っていた。なのにいまじゃどこのチームにも所属していない。勉強に全部時間をとられているのよ、サポスカット夫人は言っていた。この子はいつもびりけつだと、その夫は言った。歩くのが好きなの、長く歩くと気分がいいのよ、と夫人が言った。するとサポスカット氏は、長いあいだひとりで歩くことで息子の気分がどれほどよくなるか考えながら嘲笑うのだった。ときどき彼は軽率にも言ってしまった。サポには肉体労働が向いているかもしれないな。それを聞いてサポは必ずではなくても、たいていは姿を消してしまった。そのあいだ母親は、声を高くした、おおアドリアン、サポが気にするじゃないの！

話は進む。この聡明で我慢強い少年は、ぜんぜん私に似ていない。一生懸命にひとりで何年も、自分の内面を少しでも明晰に見つめようとして、ほんのちょっとの明るみでも探しもとめ、闇の誘惑には負けなかった。いいぞ、これこそ私に必要だった軽やかな、乏しい空気で、私にとって致命的な恵み深い霧とはほど遠い。そのときが来たのを知るためでなければ、もう私は老体のなかに戻りたくはない。飛び込むちょっと前にそこに戻り、最後に自分の上に、おなじみの古びたハッチを閉じる。自分が暮らしてきた穴倉に別れを告げ、隠れ家と一緒に沈没する。お涙ちょうだいは終わり。しかしこれからは、地上にあって、私はこの仲間と一緒に浮かれてすごす時間がある。いつもほしかった、いつも探していたこの仲間なのに、私を望んではくれなかった。そう、いまじゃ落ち着いている。こんどこそは勝負に勝った。他の勝負には全部負けた。しかし肝心なのは最後の勝負だ。自己矛盾が怖くなかったら、いい仕事をしたと言うところだ。自己矛盾が怖いだって！　こんなことが続いたら私は自分を見失い、自分に至る幾千の道を見失ってしまう。かなえられた願いの重みにおしつぶされる寓話のなかの薄幸な連中にそっくりだろう。それに奇妙な欲求が忍び寄ってくるようだ。自分が何をしているのか、なぜそうしているのか知りたい、それを言いたいという欲求だ。こうしてまだ若いときに定めていた目的にやっと到達する。そんな目的のせいで私は生きられなかった。もう存在しなくなるという前夜になって、私はやっと他人になる。刺激的だ。

夏休みだった。午前中彼は個人授業を受けた。おまえのせいで破産するわ、とサポスカット夫人は言ったものだ。お金をかける価値はあるよ、とその夫は言った。午後は本を抱えて出て行った。野外のほうが勉強がはかどるというわけだが、いや、別に説明はしなかった。町を出ると本を石の下に隠して、野原を走り回った。農民の仕事がいちばん忙しいときで、ゆるやかで寛大な光も、なすべき仕事をいつまでも照らしてはくれない。最後にたいてい遠くにある畑と納屋や農場のあいだを移動し、機械を点検して、さしせまった夜明けに備えるには、しばしば月明かりが頼りだった。さしせまった夜明け。

私は寝込んでしまった。そんなに眠りたいわけではないのに。私の時間割にもう睡眠の余裕はない。眠りたくない――別に理由はない。生者にとって昏睡とはいいものだ。みんなが私をいつもへとへとにしてきた。いや言葉がまちがっている。退屈に呻きながら、みんなが、みんなに視線を注いできた。それから抹殺した。あるいは彼らの立場に立ってみた。あるいは逃げた。自分のなかにあの昔の熱狂の熱さを感じるが、もうそれで燃え上がることはないとわかっている。すべて放棄してただ待つだけだ。サポは片足で体を支えて動かず、あの奇妙な目を閉じている。彼を照らし出す動揺は、無数の馬鹿げた姿勢となって凍りつく。あの栄光の太陽の前を通りすぎる小さな雲が大地を暗くするだろう。私が好きなだけ長いあいだ。

生きること、そして何か考え出すこと。私は試した。試してみなければならなかった。考え出すこと。いや言葉がまちがっている。生きるという言葉も。どうでもいい。試してみたんだ。自分のなかを大まじめな、でかい猛獣が行ったり来たりして、怒り、吠え、私をずたずたにするあいだも。そうしたさ。たったひとりで、雲隠れして。うぬぼれ屋だった。たったひとり、何時間も動かず、しばしば立ちつくし、魔法にかかったみたいに呻きながら。確かに呻いていた。私は遊び方がわからなかった。私は歩きまわり、拍手し、走り、叫び、自分が負けるのを見、自分が勝つのを見、大喜びし、苦しんだ。それからそんなものがあったらの話だが、突然遊び道具に飛びつき、壊そうとした。あるいは子供に飛びかかって、この子の幸福を悲鳴に変えてやろうとした。あるいは逃げ出し、隠れようとして素早く走った。大人たち、正しい人々は私をつかまえ、たたき、ダンスに、ゲームに、楽しみに私を引き戻そうとした。つまり私はすでにまじめさにがんじがらめになっていた。それが重病にまでなっていた。私は他の梅毒病みと同じように生まれつき大まじめだった。大まじめな自分を大まじめにやめようとし、生きて、何か考え出そうとした。そんな自分のことはわかっている。しかし何か新しくやってみるたびに混乱し、救いを求めるように暗闇のなかに身を投げ、他人のこんな見世物は体験するのも我慢するのもいやだという連中の膝元に飛び込んだ。生きること。それが何を意味するかわからないまま、それについて喋っている。何を試しているのかわからないまま試してみた。結局のところ、たぶん私は生きたのだ、自分では気づかないまま。なぜこんなことばかり喋っているのか自問する。ああ、そうだ、退屈をまぎらわすためだ。生きること、そして生かしてやること。言葉を糾弾してみてもはじまらない。言葉は空しいが、言葉がかついでくるものだって空しい。しくじりや慰めや休息のあと、私はまた生きたい、生かしてやりたいと思うようになり、自分のなかであろうと、他人のなかであろうと、他者であろうとした。いや、全部嘘っぱちだ。私は同類に会ったことなんかない。いまは一番急ぎの用件に備えるしかない。またあれこれ思うようになった。しかし少しずつ望みは変わっていった。成功することではなく、失敗を望むようになった。微妙な点がある。まず自分の穴倉から這い上がり、まぶしい光のなかを、なかなかありつけない糧を目ざしてたどりつこうとしたのは、眩暈、放棄、墜落、蕩尽の恍惚であり、闇、無、糞まじめ、わが家に戻ることの恍惚だった。それはまたあいかわらず私を待っていた誰か、私を必要とし、私も必要とした誰か、私を抱いて、行かないでと頼み、私に場所をあけわたし、私を見守ってくれる誰かのもとに戻ることの恍惚であり、この誰かは私が去っていくたびに苦しみ、私にさんざん苦しまされ、ほとんどいい思いをしたことがなく、私はそんな奴を見たことがなかった。ほら私は興奮し始めている。話の種は私ではなく、他人で、そいつは私には何でもなく、そいつに嫉妬しようとしたが、いまになってやっとそいつの月並みな出来事を喋ってみてもいい。どう喋ればいいかわからないのだが。私だって自分のことをどう語るかわかったことがないが、他人のことだって体験することも語ることも難しい。一度も試したことがないのに、どうやってそんなことができただろう。いま消えてしまう前になって自分の姿を見せるなんて。それも見ず知らずの他人と同時に。同じ恩恵に恵まれて。これはけっこう刺激的だ。それから私の閉じた目の背後で別の目が閉じるのを感じているあいだだけ生きる。なんという終わり。

市場。田舎と都会のあいだの関係がまずいことに、優秀な男児はすぐ気づいた。この問題に関して、彼は次のような考察を重ねた。たぶん真実に近いのもあれば、おそらく遠いのもあった。

彼の住む地方で、食糧事情に関することでは、いろいろ……いや、だめだ。[07]

農民。彼は農民たちの住まいを訪れた。だめだ。中庭に集まった農民は彼が危なっかしい、あやふやな足取りで遠ざかっていくのを見ていた。まるで彼の足にとって地面が不快なものであるかのように。しばしば彼は立ち止まり、ふらふらしながら止まったあと、まったく意外な方向に歩き出した。彼の歩き方には、どこか浮遊して無気力な感じがあり、大地が彼を揺さぶっているようだった。立ち止まってから彼が揺れ始めると、それはいまさっきの場所から一息で飛ばされてしまう大きな綿毛のようだった。

私はちょっと自分の持ち物をかきまぜ、かきわけ、よく見るために自分のほうに引き寄せた。頭のなかでは、たしかにそれらは私のもので、ときどき目で見ないでもそれについて語ることができると信じても、大まちがいではなかった。とにかく確信したかったのだ。私は正しかった。なにしろいまではわかっている、いままで私が楽しみにしてきたこの物たちのイメージは、全体としては正確でも細部はそうではなかった。だからこの唯一の機会を失いたくはない。なんらかの真実がさもありなんと告げられ、それゆえにほとんど動かしがたいものとなるのだ。このときはついに一点の曇りもなくなる。大いなるその日がやってきたとき、私は何も付け足すことなく、省略することもなく、明快にすべてを申告したい。長いあいだ待望した結果、具体的な財産として与えられたもの、残されたものすべてを。これは偏執にちがいない。

ゆえに私は、一見したところ、もはや私の持ち物ではないある物品が私の所有とされているのを見ているのだ。それらは家具の後ろに転がっていたのか？　そんなことはありえない。たとえば靴の片一方が家具の後ろに転がっているなんてありうることか。にもかかわらず私にはもはや靴一つしか見えない。どの家具の後ろだろうか。私の知るかぎり、この部屋で私と持ち物のあいだにおいてあるのは一つの家具だけで、それはタンスのほかにない。しかしそれは壁に、二つの壁にぴったりはりついている。つまり角にあって、タンスはその一部分みたいなものだ。たぶんあなたは言うだろう、私の長靴は、それは確かに一種の長靴だったのだから、タンスのなかにあると。私だって同じことを考えたさ。しかし私はタンスを調べた、つまり棒を使って調べたんだ。扉も抽斗もあけ、たぶんはじめてのことだったが、くまなく探してみた。何もなかった。つまりタンスは、私の長靴を閉じこめているどころか、空っぽなのだ。いや、そんな長靴なんかもう私は持っていない。なけなしのガラクタもなく、そのなかには光沢の美しい亜鉛の指輪なんかもあって、みんなそこにあると思っていたのに。ところが、ガラクタの山のなかに、少なくとも二、三の品を見つけたが、もう忘れてしまっていた。少なくともそのひとつ、パイプの火皿にも、ちっとも記憶がなかった。パイプ煙草を吸った覚えはぜんぜんない。私が覚えているのはシャボン玉のストローで、パイ

子供のとき遠くに投げ捨てる前にそれで虹色の泡を吹き出した。たくさんじゃない。大したことじゃない。このパイプがどこから来たか知らないが、いまこれは私のものだ。多くの宝物はこんなふうに天から恵まれたものだ。黄色い新聞紙に包んで紐をかけた小さい包みも見つけた。それは何か意味しているようだが、いったいなんだ。私はベッドの横の自分のそばに、それをもってきた。棒の太いほうの端でそれをすりこ木のように使って、そっと包みを調べてみた。私の手は理解した。柔らかい軽いものだとわかった。じかに手で触って重さを測ったりするよりもよかったはずだ。包みをほどいてしまいたくなかった。なぜかわからない。他のものと一緒に隅っこに片付けた。機会があったら、たぶんまたこのことを話すだろう。私は言うだろう、もうそれが聞こえる。品物、小さな包み、羽のように柔らかく軽く、新聞紙に包んで紐をかけてある。これは私だけのささやかな謎だ。たぶん十万ルピーか。または髪の房。

さらに私はつぶやいた、もっと素早く立ち回らなければ。ほんとうの人生にとって、こんなに事情が複雑なのはたえがたいことだ。こういうときに抜け目なく待ち構えている奴がいる。前立腺の襞に淋病の菌が潜んでいるように。私は急いでいる。すべてのものが微笑み輝いているとき、ここからある日、重なりあった黒い忘れがたい雲の大群が低く垂れこめ、青空を永遠に消し去ってしまうのだ。私の立場は実に微妙だ。なんと多くの美しいものの大切なものを、杞憂によって、昔と同じ過ちを犯してしまうのを恐れて、時間通りに終えられないのを恐れて、最後に悲しみや無気力や憎しみがおしよせてくるのを恐れて、私はとりにがしてしまうことか。不動のものが形なき状態をまぬかれるとき、その形は実に多様だ、そうなんだ、私はいつも年のはじめには考え深かった。数分前から私はそうなっている。もうそんなに深く考えたりしたくないと、あえて希望しておこう。結局終わりなんて大したことじゃない。私はそう言っておくべきだった。気まぐれそれ自体は決して恥ずかしいことじゃない。しかしそれが問題なのか。何にも好機というものがあって、最後の機会には生きているかぎり喋っていたいだけだ。私は意見を変えざるをえなかった。それだけのことだ。自分のことはわかっている。命が尽きかけたら私はそれを感じるはずだ。私が知りたいのはただ、あんなに幸先のよかった人物のことを見棄ててしまう前に、ただ私の死のせいで彼は続けられなくなり、勝つことも負けることも、楽しむことも苦しむことも、腐ることも死ぬこともできなくなるということ、たとえ私が生きていても、彼は死ぬまでに、まず自分の体が死ぬのを待っただろうということなのだ。これは控えめな要求というものだ。

私の体はまだ決められないでいる。しかしこの体はますますベッドの上で重くなり、伸び、平たくなっているようだ。自分の呼吸に気づくときは、それが雑音で部屋をみたしている。私の胸は、眠っている子供の胸のように息をしているにすぎないのに。目をあけて、長いこと、瞬きもせずに見ている。まだ幼い子供のように、新しいこと、それから昔のこと、夜中の空を不思議と思っていた。空と私のあいだを、歳月の汚れで曇り、まだらになった窓ガラスが遮っている。あれに息をかけてみたいが遠すぎる。いやちがう。まあいいさ。私の息で窓は曇りはしない。カスパー・ダーヴィト・フリードリヒ[08]が好んだような夜で、嵐なのに透き通っている。この画家の姓と名前を思い出したのだ。雲が流れ、ぼろぼろになり、風に引き裂かれる。背景の空は透明だ。少し待っていたら月が見えるはずだ。しかし待つつもりはない。いま見えたもののあとには風の音が聞こえている。目を閉じると、その音が私の呼吸と混じりあう。頭のなかで言葉とイメージが渦を巻き、尽きることなく沸き上がり、追いかけあい、溶けあい、引き裂かれる。このざわめきの彼方には大いなる静寂、そして無関心がある。もう決して何も、それを乱しはしない。ベッドのマットレスは水槽のように窪んでいる。その底に横たわり、二つの傾斜のあいだにおさまる。少し寝返りし、口と鼻を枕におしつけ、いまは真っ白になっているはずの老いた髭をそこにおしつぶし、頭の上に布団をひっぱる。上体の奥のほうに、どこか正確にわからないのだが、いままで感じたことのない痛みを感じる。特に背中のほうだと思う。まるでリズムを刻んでいるようで、歌でも歌っているみたいだ。青みがかっている。神様、こんなことはみんな我慢できます。頭は鳥みたいにほとんどさかさまにしている。唇を開き、いまは口で枕を噛んでいる。枕が舌に、歯茎にあたる。この通り。吸ってみる。私は自分探しをやめる。私は宇宙に埋もれてしまった。いつか自分の場所が見つかると思っていた。太古の宇宙が守ってくれる。私の勝ちだ。私は幸福で、いつか幸福になることはわかっていた。しかし私は賢くない。なにしろ賢いとは、いますぐ自分を運まかせにすることなんだ。この幸福なひとときに。そう思えるのだ。それにしても私は何をしているんだ。私はまた太陽のもとに、あんなに好きになろうとした野原に、綿雪のように小さな白く軽やかな雲に、私のものにならなかった生活に戻る。たぶん私の過失、傲慢、あるいはちっぽけさのせいで、私のものにならなかった。いや、そうは思わない。動物は草を食み、太陽が岩山を温め、輝かせている。そう、私は自分の幸福をうっちゃっておき、いつも重荷を抱えて行ったり来たりする人々のところに戻る。たぶん私は彼らをまちがって判断していた。いや、そうは思わない。そもそも私は彼らに判断を下したことなんかない。ただ最後になって理解しようとしている、理解し始めようとしている、どうしてこんな連中が存在しうるのかと。いや、問題は理解することではない。それなら何が問題なのか。わからない。とにかく私は出かける。出かけるべきではないかもしれない。夜、嵐、不幸、魂の硬直、こんどこそは、これらがどんなにいいものか確かめてみよう。私とあれとのあいだ、まだ言っていないことがある。いや、もう全部言った。たぶんもう一度、それを聞いてみたいだけだ。ほんのちょっとでいいから、もう一度。いや、そうじゃない、もう何もしたいことなんかない。

ルイの一家[09]。一家は生活に困窮していた、つまりやりくりするのが難しかった。男とその妻、そして二人の子供、男の子と女の子がいた。少なくともこれは議論するまでもないことだ。父親はみんなにでぶのルイと呼ばれ、その通り太っていた。なんどか結婚したあと、若い従妹と家族をつくって現在にいたった。他にもどこかに子供たちがいたが、男も女もみんな手堅く生活を送って、自分たちにも、他人にも、もうそれ以上何も望むことはなかった。子供たちは、それぞれ、そのときの都合と気分に応じて父親を手伝いにきた。彼がいなければ日の目を見なかったのだからありがたいと思って、あるいは寛容な気持で、それが彼でなければ、とにかく別の父親がいたはずとつぶやきながら。でぶのルイは歯が全部抜けていて、パイプが懐かしくても、シガレット・ホルダーで煙草を吸った。彼は上手に豚の血抜きをして切り分けると評判だったので、そのため方々から注文があった。肉屋でもないわりにはずいぶん注文があった。なにしろ肉屋よりも安く引き受けたし、報酬はしばしば、脛肉や、少しの頭肉のパテで満足したからである。こういう話はみんな事実のようだ。なにしろ彼は仕事が好きだったし、達人として、父親から教わった秘訣にしたがって実に上手にそれをこなせることが誇りだった。彼はその秘訣を知る最後の人間と自分をみなしていた。父親のことは、いつも優しく、うやうやしく語った。彼が言うには、自分が消えてしまったらもう継ぐものはいなくなってしまう。実は別の言い方をしたにちがいない。だからルイのかき入れ時は十二月と一月で、二月からは、待ちきれない思いで季節が巡るのを待った。一番大事な行事は、なんといっても馬小屋で生まれた主のお祝いで、そこまでたどりつけるか自問するのだった。前の晩になると火を焚いて長いこと包丁を研ぎ、それを入れた箱を抱えて出かけた。ポケットには紙に包んだ前掛けをもっていて、仕事中は、それで日曜と祝日の晴れ着を蔽った。でぶのルイは、彼を待つ遠くの農場に向かいながら、老いても、まだ若者にできないことができる自分が必要とされていると思うと、胸のなかで心臓が高鳴った。こういう遠出をすると彼は夜遅く酔っぱらって帰り、長い歩行と興奮に疲れきっていた。昼間は彼が見送った豚のことしか喋らなかった。つまりあの世に行った豚のことで、豚にとってはこの世しかないことを知らなければ、そう言うしかないが、家族はこの話にうんざりしていた。しかしみんな何も言おうとはしなかった。彼を恐れていたのだ。そう、たいていの人が、まだ生きていることを謝るみたいに小さくなっている年なのに、ルイはみんなを怯えさせ、やりたい放題にふるまった。彼の若妻さえも、若い女の切り札である女陰にものをいわせて、彼に言うことをきかせるのは諦めた。なにしろ彼女があそこを開くのを拒んだら、彼が何をしでかすかわかっていたからだ。しかもルイは、ことがうまくはかどるように、いろんなやり方を要求したが、それはしばしば途方もないものだった。彼女が少しでも抵抗しようものなら、洗濯場の棒きれをもってきて、悔悛するまでたたいた。これはついでの話だ。豚の話に戻ると、ルイは夜、蠟燭の明かりのなかで、彼が殺したばかりの豚の話を一家に聞かせ、頼まれて別の豚を殺す日まで同じ話を続けた。次には、つい最近殺した豚の話ばかりで、それは前の豚とあらゆる点で違っていた。まったく違うといっても結局は同じだった。なにしろ豚たちは、よくつきあってみればみんな同じで、暴れ、叫び、血を流し、叫び、暴れ、呻き、気絶するときも、ほぼ同じようにするだけだ。それは豚に独特の習性で、たとえば小羊、あるいは子山羊はそんなふうにはしない。しかし三月からは、でぶのルイは落ち着き、無口になった。そして十一月の末から、一家は堆肥をまき、インゲン豆を植えるときが来るのを心待ちにした。

息子つまり相続人は、歯並びがでたらめな、大柄のわんぱく小僧だった。エドモンドといった。

農場。ルイの農場は谷間にあって、冬は水浸しになり、夏は焦げるように暑かった。そこにいく途中には美しい牧場があった。しかしこの美しい牧場はルイのものではなく、そこから遠くに住んでいる別の農場主のものだった。季節には、黄水仙や水仙がありあまるほど咲いた。ルイは夕暮れになると、人に見られないようにして、そこに山羊を連れ出した。

　不思議なことに、ルイは豚を屠ることは巧みだったが、豚を育てる能がなかった。彼の豚が六十キロ以上になることはまれだった。豚は四月にやってくるとすぐ小屋に閉じ込められ、クリスマスより少し前の最期の日まで、そこで暮らす。なにしろ、毎年反対の証拠がつきつけられているのに、運動させると豚が瘦せてしまうのではないかと、ルイは頑固に思い込んでいた。昼の光線も外気も、豚にとって、やはりよくないと思っていた。だから結局彼が足を縛って籠に寝かせ、背おって行き、無我夢中で殺してしまう豚は、弱く盲目で瘦せていた。急ぐこともなく、大声で、豚が不躾なのを叱った。豚が悪いのではなく、甘やかしすぎた自分が悪いのを認めることができず、認めようとさえしなかった。そして彼は過ちを犯し続けた。

　死んだ世界、水もなく、空気もない。そんなものだ、おまえの思い出は。サーカス小屋の床のあちこちに萎びた地衣類の影。そして三百時間の夜。もっと懐かしい光、青白い、穴だらけの、もっとつましい光。そこにあふれるもの。どれだけそれは持続することができたのか、五分？　十分？　そう、それ以上じゃない。それほどじゃない。しかしまだ輝いている、私のわずかな空。昔は数えた、三百、四百まで数えた。

そして他のものも一緒に、にわか雨、鐘、明け方の雀のさえずり、数えた、何のためでもなく、ただ数えるために。それから六十で割ることにしていた。それで時間がつぶれた、私が時間だった、宇宙をのみこんだ。いまはもう。人は変わる。老いながら。

みすぼらしい台所のなか、床はたたいた土で、窓のそばがサポの居場所だった。でぶのルイと息子は仕事を終え、サポと握手し、母親と娘と一緒に彼を残しておいて出て行った。しかし女二人もすることがあり、二人とも出て行った。仕事は山ほどあるのに、時間がなく人手もなかった。妻は、二つの用事のあいだ、あるいは一つの用事をしている最中に少し中断し、両腕を宙に挙げるとその重みに耐えきれず、いかにも重そうにすぐおろした。それから両腕のそれぞれに、描写するのが難しい、よく意味のわからない動きをさせ、横腹から離したが、あなたがたの言語の精髄についてもっと無知だったたなら、振り回した、と言うだけでよかった。それは怒り狂ったときの、でたらめな、奇妙な腕の動作に似ていた。その腕は、窓越しに雑巾やぼろ布をゆさぶって埃を落としているようだった。空っぽのやわらかい両手は小刻みに揺れ、それぞれの腕の端には、まるで四つか五つか手がついているようだった。同時に彼女は怒気を含んだ、答えのない質問を大声で発した。何になるのさ、という類の。髪はほどけて顔のまわりに垂れていた。その髪はたっぷりあって、灰色で汚れていた。手入れをする時間がなかったからで、顔は青白く痩せ、気苦労と、たまった鬱憤のせいでげっそりしていた。胸、いや大事なのは頭、それと最初に頼りになるのは腕だ。両腕を組み、しきりに動かし、不承不承仕事にもどり、役立たずの古びた品物を持ち上げ、場所を移し、たがいに近づけたり離したりする。しかしこのパントマイム、この罵声は誰のためでもなかった。なにしろ毎日、日に何度も、家でも野原でもこれを続けていた。そのとき自分がひとりか、ひとりではないか、自分のやっていることは急ぐことか、それともゆっくりやればいいことか、そんなことは気にかけなかった。しかし、すべて投げ出し、叫んだり身ぶり手ぶりをしたりし始めた。おそらく世界でひとりだけになり、自分のまわりで起きていることには無関心だった。それから黙り、しばらく動かずにいて、放棄した仕事をまた始め、あるいは急いで別の仕事にとりかかった。サポは窓のそばにひとりでいた。目の前の食卓の上に山羊のミルクの入ったボールが忘れてあった。夏だった。ドアも窓も開いたままで外の光が入っていたのに、部屋のなかは暗かった。開いたところはわずかで、おたがいに離れていたから、入ってくる明かりは小さな空間を照らすだけで、それ以上広がることはないまま途絶えた。それは確かな安定した光ではなかった。光は戸外ではどこでも天と大地のあいだで静かに持続していたのに、部屋のなかのどこにもそんな光はなかった。しかし外から注がれ、更新され、たえまなくそこに入ってきては途絶え、徐々に影に食い尽くされた。そして少しでも光の量が弱まると、部屋はますます暗くなり、やがてもう何も見えなくなった。影のほうが勝ちをおさめたからだ。そして目が痛いほどまぶしく輝く大地のほうに向かいながら、サポは、背中にもまわりじゅうにも、抑えがたい影を感じていた。その影は彼の明るく照らされた顔のまわりにはりついていた。ときどき彼は突然その大地のほうを向き、光にさらされ、たっぷり光をあびて解放感を覚えた。そのときの彼にはせわしなく働く人の物音や、山羊を追って叫ぶ娘や、雌ラバを罵る父親の声がよく聞こえた。しかし影の底には沈黙が、埃や、頑として動かない物たちの沈黙があるばかりだった。物たちに誰も触れないでいるならば。そして姿の見えない目覚まし時計のチクタクという音は沈黙の声のようなもので、それもいつか影のように勝利をおさめることだろう。そのときはすべてが沈黙し、闇に包まれ、ついに物たちは永遠に自分の場所にとどまるだろう。ついにサポは、もってきた少々のつましい贈り物をポケットから出して食卓の上におき出て行った。しかし出て行くのを決心する前に、いや、彼は別に決心なんかしていないのだから、むしろ出て行く前に、ドアが開いているのをいいことに、ときどき雌鶏が部屋に侵入してくることがあった。閾《しきい》を越えたところで雌鶏は立ち止まり、片足をあげ、頭を横に傾け、警戒しながら、目をしばたいた。それで安心すると、皺のよった首を前のほうにぎこちなく突き出した。それは灰色の雌鶏で、たぶんいつも同じ鶏だった。サポは見分けがつくようになっていた。

雌鶏のほうも彼がわかっているようだった。彼が出かけようとして立ち上がっても、雌鶏はあわてなかった。しかし灰色の雌鶏が何羽かいて、そのうえみんなそっくりなので、サポはその相似に夢中になって目が離せなかった。ときどき最初の雌鶏のあとに、それとはずいぶん違った二番目、三番目、さらに四番目の雌鶏さえ続き、それぞれのあいだにもかなりちがいがあった。羽だって体形だって違っていた。あとに来た雌鶏たちは、最初の灰色の鶏ほど獰猛には見えなかった。最初の鶏には何も起きなかったが、後の鶏たちは入口で明るく照らされ、それから進むたびに影に入り、消えてしまった。最初は静かで、姿を隠そうとし、少しずつひっかいたり、こっこつと鳴いたりし、納得して翼を震わせながら安らいでいた。しかしたいていは灰色の鶏が、あるいはむしろ灰色の鶏のうちの一羽がやってくるだけで、これはどうもはっきりわからないことだった。少し苦心すれば、容易に見分けがついたはずではあったが。灰色の雌鶏は一羽だけか、それとも何羽かいるのか、それを知るには、錆びた匙で、古い箱をたたきながら、プーチプチプチと声をあげるルイ夫人をめざして、雌鶏が四方から走ってきて勢ぞろいするときに居合わせるだけで充分だったはずだ。それにしても、結局それが何の役に立っただろう。なにしろ灰色の雌鶏が何羽かいたのかもしれないし、にもかかわらず台所に来たのはいつも同じ鶏だったかもしれない。しかし見てみなければわからないもので、餌をやるときだって、灰色の雌鶏はただ一羽しかいなかったかもしれないのだ。これで決着はついたはずだ。しかしまさにこのことがわからない。なにしろそれを知っていた者のうち、死んだ者もいるし、忘れてしまった者もいる。そしてサポがこのことをはっきりさせようと決心したときには、もう遅すぎた。そこで彼は後悔するようになった。ルイ一家の台所のこの見世物がいつか彼にとっては大切なものになるのに、しかるべき機会に、そのことを理解していなかったことを。その台所の決して内でも外でもないところで、再び立ったり歩いたりするときを彼は待ち、待ちながら、何の警戒心もなく、たくさんのことに気づいたのだ。そこであの不安そうな灰白色の大きな鶏が閾の明るみのなかでためらい、そしてかまどの後ろでこっこっと鳴いたりひっかいたりし、力をなくした羽を震わせている。誰かが大声で、箒でつついて追い払う。またおそるおそるやってきて、ためらいがちに小刻みに歩き、たびたび止まり、耳をそばだて、小さくて黒いが輝いている目を開けては閉じる。そしてサポは出て行った。何も気にとめずに、ありふれた、休眠中の事物を見ていただけだと思っていた。ドアから出ようとしてかがみ、井戸が目に入り、巻き上げ機、鎖、バケツが見えた。長い紐にかけたぼろぼろの洗濯物が日に乾き揺れているのも、よく目にした。彼は来たときと同じ道を戻った。つまり牧場のはずれにある、小川にそった大きな木の陰の道だった。小川の底にはごつごつした根や石や固まった泥がからみあっていた。そういうわけで奇妙な歩き方をしても、休憩し道草をしても、たいていは目立たずに去って行った。ときにはルイ一家が遠くから近くから、または誰かが遠くから、他の誰かは近くから、彼が洗濯物の陰に現れたり、道のほうに行ったりするのに気づくこともあったが、彼を呼び止めることも、大声であいさつすることもなく、見かけは無愛想なこの出発を気にかけることもなかった。彼が邪険にしているわけではないことはみんなわかっていた。仮にサポのことが少し気に障っても、そんな気持は台所の食卓の上の皺くちゃの紙包を見てすぐにふっとんだ。そのなかにはちょっとした小間物が入っていた。そしてこのつましい贈り物はわりに役に立ったし、贈り方だってずいぶん控えめだったから、半分だけ飲むか、あるいは全部残してあった山羊のミルクのボールを見ても、彼らは鷹揚な気持になって、サポが不躾をしたなどと型通りには思わなかった。しかし考えてみると、サポが出発したとき、彼らが気づかないことはめったになかった。なにしろ彼らの土地の付近では、ささいな変化にすぎなくても、一羽の鳥が止まったり飛んで行ったりするだけでも、彼らは頭をあげて大きく目を見開いたのだ。道路の上でさえも、一マイル向こうまで見えている場合は、彼らの目は何一つ見逃すことがなく、通りかかる人物は遠距離でピンの頭くらいの大きさでも見分けることができたし、どこから来て、どこへ、何をしに行くのかまでお見通しだった。そういうときは大声で知らせあった。なにしろ、たいていはおたがいに遠く離れて働いていたからだ。あるいはみんなが立ち上がり、異変の起きているほうを見て合図しあった。それは確かに異変だったからだ。すぐにまた恵みの大地に体をかがめた。そして最初の休み時間に、食卓のまわりや、あるいは別のところに集まると、起きたことをどう理解したか話し、別の理解に耳を傾けた。もし自分の見たこととその意味に関して、彼らの意見が同じでなかったら、深刻そうに話しあい、落ち着くまで、つまり一致するまで続けるか、あるいは永遠に諦めるか、どちらかだった。だからサポにとっては、小川の岸の木々の陰に隠れても、気づかれずに滑るように走っていくことは難しかった。仮に彼が滑るように走ることができたとして。なにしろ彼はむしろぬかるみのなかでもたつくように走ったからだ。そしてみんなが頭をあげ、彼の走り方を見て、おたがいに見つめあい、また地面にかがむのだった。そして地面にかがんだみんなの顔には、たぶん、確かに微笑とはいえない微笑が浮かんでいた。むしろひきつった笑いといおうか、しかし意地悪な笑いではなかった。そしてたぶんそれぞれがみんなも同じことを感じているかどうか自問しながら、次に集まったらそれを確かめようと思っていた。しかしサポは、自分では種類のわからない老木の陰を、あるいは高地の牧場の光のなかを、躓きながら遠ざかっていった。その歩みはあまりに覚束なく、サポの顔はいつも通り深刻、いやむしろ無表情だった。そして彼が立ち止まるときは、よく考えるためでも、いい夢を見るためでもなく、ただ彼に進めという声がやんだからにすぎなかった。そのとき彼は青白い目で大地を見つめるだけで、その美しさも価値も、無数の微妙な色合いの野に咲く小さな花々も見ることはなく、ただ畑と、生い茂った雑草のあいだでのんびりしていた。しかしこの休止はほんのわずかだった。彼はまだ若かったからだ。すぐにまた突然大地を横切ってさまよいだし、影から光へ、光から影へ、何も考えずに進んだ。

さしあたって私が中断すると、またざわめきが、いまとばかりに奇妙な力をふるいだす。だから、まるで若いときの聴覚がもどってきたみたいだ。するとベッドのなか、暗闇のなかで、嵐の夜に外のうなり声を聞いて、葉や枝や、呻きをあげる幹の音、草そのもの、私を守っている家の様子を聞き分けた。それぞれの木にそれなりの叫び方があるのは、平穏なときのつぶやきと同じことだ。私は遠くで鉄の扉が柱にあたり、風が吹き抜けて、格子戸がぶつかりあうのを聞いた。並木道の砂までが音をたてていた。風のない夜は私にとってまた別の嵐で、無数のあえぎにみち、私はそれを聞き分けて楽しんだ。そう、若い私は、それらのいわゆる静寂をずいぶん楽しんだものだ。私の好みは高尚な音なんかではなかった。それは犬の遠吠えで、山腹に張りついた小さな集落から聞こえてくる。そこには代々石切職人が住んでいた。笛の音に似た野生の遠吠えは、平地の家に住む私のところまでかすかに聞こえてきた。すぐに飽きてしまった。谷に暮らす犬たちが、牙とあごと、よだれでいっぱいの口でわめき、それに答えた。山のほうからは別の歓びが得られた。それは夕暮れにちらほら灯り始める光で、光は集まって空よりもほんの少し明るくなり、星々ほど明るくなく、ちょっとの月明かりでもかすかになり、灯ったかと思うと、すぐ消えてしまった。それは沈黙と夜の境界にかろうじて存在し、すぐに存在をやめた。こんなふうにいま私はくつろいであれこれ考えている。高い窓の前に立って、そんな思いに身を委ねた。やがてそれが終わり、私の歓びが終わるまで。私の前方の遠いところで、私の内面で、私の終わった歓びの歓びに向かって。しかしいまはこんなどうでもいいことよりも、私の耳が気にかかる。そこから、どうやら黄色の二つの毛の房がもりもり生え出し、それは耳垢と、手入れ不足のせいで黄ばみ、耳たぶが隠れるほど伸びている。そのせいか最近は耳がよく聞こえるようだ、と別に感動もなく確信する。おお、私はほんのちょっとだって難聴になったことはない。しかしだいぶ前から、私の聞くことは混乱している。それがまた始まった。私の言いたいことは、たぶんこういうことだ。世界の音という音は、それらがいかに多様であろうと、私がいかに正しく聞き分けようと、いつも変わらないので、少しずつ溶けてただひとつのかたまりになり、もはや切れ目のない、ただの大きなうなりにすぎないものになってしまった。知覚した音のかたまりは、おそらく変わっていなかったのだが、ただそれらを分解する能力を私は失ってしまった。自然の物音、人間の立てる音、私自身が立てる音、これらみんなが混ざりあって、ただ一つの同じ、とてつもない狂騒になってしまった。もうたくさんなのだ。私のこの不幸の一部を、この聴覚の混乱のせいにしたいところだ。ところが、不幸にもむしろ私はそれを幸運と思っていた。不幸、幸運、……私には言葉を選んでいる暇がない。急いでいる、急いで終わろうとしている。ところがちがう、私は急いでなんかいない。確かに、今夜私は嘘ばかり言おうとしている、つまり私のほんとうの意図はというと、まごついてばかりなのだ。なにしろ、それは夜、真夜中、思い出すなかでも一番暗い夜だ。私の記憶は続かない。私の小指は紙の上に横になり、鉛筆の先を行き、文の終わりで外れながら終わりを知らせる。しかし別の方向、つまり上から下には、あてずっぽうで進むだけだ。私は書きたくなんかなかった。仕方なく書くことにした。自分がどこにいるのか、彼がどうなっているのか知るためだ。初めは書くのではなく、喋るだけだった。それから自分の喋ったことを忘れるようになった。ほんとうに生きるためには最小限の記憶が欠かせない。たとえば彼の家族のことなんか、ほんとうに何も知らないと言っていい。しかしあわてることはない。どこかに記してある。これは彼を監視するための唯一の手段だ。しかし、こと私に関するかぎり、同じ欲求は感じられない。私自身の物語だって、私はわかっていない、忘れてしまう。だが、そんなものを知っている必要はない。それでも自分について書く、彼について書くのと同じ鉛筆で、同じノートに。つまりそれはもう私ではなく、前に言ったはずだが、他人のことで、彼の人生はやっと始まったところだ。まちがいなく彼にもまた、自分のささいな話、思い出、理屈があり、彼は汚点のなかに美点を、最悪のなかにただの悪を見出し、こうしてゆるやかに老い、どれも似たり寄ったりの日々を送り、他と変わらないある日に死ぬ。その日は他の日より短いだけだ。これが私の言い訳だ。しかし別の、これに劣らず気の利いた言い訳があるはずだ。そう、真っ暗闇だ。なにも見えない。窓ガラスさえもほとんど見えない。それと魅力的な対照をなす壁さえも。壁は窓に場所を譲り、しばしば深淵の縁のように見えるのに。しかし紙の上をすべる小指の音が聞こえる。そのあとを追う鉛筆の音とずいぶんちがう。それに驚いて、私は何かが変化したとつぶやく。だからあの子供、私はその子供であったかもしれない。そうじゃないか。それにここにいると合唱が耳に入ってくる。しかし遠くて、伴奏するピアノまでは聞こえない。どこから聞こえるのか、この歌は知っている。それが小さくなり、消えてしまうと、私のなかでそれは続く。しかしもっと遅く、あるいはもっと早く。なにしろ再びそれが空気を伝わってくると、私のなかの歌にそれは先立ち、あるいは遅れる。それは混声合唱だ。いや大まちがいかもしれない。たぶん子供も混じっている。奇妙だが、ある女が指揮していると思う。ずっと前から合唱は同じ歌を歌っている。繰り返しにちがいない。それはもう過去だ。最後に勝利の叫びをあげて事切れた。それは復活祭の週間なのか。復活祭の日のように勇ましくなる。答えが肯定なら、私の聞いたあの歌は、ほんとうは私のなかでまだ鳴りやまないあの歌は、死者のあいだで最初に復活した人物、いまから二十世紀前に私を救ってくれた人物を、ただ讃えていたのではないか。最初に、だって？　最後の叫び声はそのことを思わせる。

私はまた眠っていたようだ。手探りしてみたが、もうノートが見つからない。しかし鉛筆はまだ手に持っている。夜明けを待たなくてはならない。そのあいだ何をしようか、神がご存じだ。

私は書いたところだ。私はまた眠っていたようだ、などと。自分の思考を歪曲していなければいいが。また自分から離れていく前に、いまこの数行を付け加える。たとえば一週間前のような渇望を保ったままで自分から離れていくことはないだろう。もう一週間以上続いているにちがいない。一週間以上前に私は言った。それにしても私はもうすぐ、やっと、すっかり死んでしまうはずだ。しかし注意。誓って言うが、私はそう言ったわけではない。そう書いただけだ。この最後の文句を、そっくり同じに、もうどこかで書いたことがある、あるいは言ったことがある、という印象を私は突然持っている。そう、それにしても私はもうすぐ、などと、そんなふうに書いたのは、私の話のはじめで、自分が前に言ったことがもうわからないということを私が理解したときだ。そしてそのあと、結果として、生きること、結局生きさせること、結局戯れること、そして生きながら死ぬことという私のもくろみが、別のもくろみに向かったときだ。夜が明けたのは、心配したほど遅くなってからではないと思う。大まじめにそう思う。しかし私はもう何も心配なんかしていなかった。もう何も心配していない。甘美な季節がほんとうに始まろうとしている。窓ガラスに向かって、やっとこれが震え出すのを、鉛色の夜明けを前に蒼ざめるのを見た。これは月並みな窓ではなく、夜明けも夕暮れも見せてくれる。ノートは床に落ちていた。それを見つけるのにしばらく時間がかかった。ベッドの下にあった。どうしてそんなところにあったんだろう。それをとりだすのにしばらく時間がかかった。銛を突き刺すようにして、つかまえなくてはならなかった。ノートを貫通したわけではないが、傷んでしまった。分厚いノートだ。私にはこれで充分なはずだ。これからはページの裏表に書くことにする。どうやって手にいれたかだって？　わからない。たぶん偶然に、所持品のあいだに、それを必要とした日にみつけた。ノートなんか持っていないと思っていたのに、所持品を片っ端から調べてひとつ見つけようとした。失望はしなかったが、驚きもしなかった。明日、昔の恋文を読んでみたくなったら、同じようにするだろう。ノートのページは方眼紙だ。最初のほうは、数字や記号や図でうまっていて、ところどころに短い文がある。計算したにちがいない。突然それが、つまり見たところ中途半端に終わっている。やる気をなくしたように。たぶんそれは天文学、占星術の類だ。よく見てはいない。私は一本線を引いた。いや一本の線でさえなく、書いたのだ。私はもうすぐ、やっと、すっかり死んでしまうはずだ。真っ白な次のページにさえたどり着けずに。財産目録をつくるときになって、私はこのノートについて長々と書く必要はないわけだ。同じように、ノート一冊と記し、たぶんその色だけ記録しておけばいい。しかしこれからノートを失くしてしまうかもしれない。鉛筆のほうは古いなじみだ。ここに連れてこられてから、ずっともっていたはずだ。軸は五角柱で、ずいぶん短くなり、両端が削ってある。ヴィーナス製だ。役に立ってくれるといい。私は言った。もう前と同じように、急いで棄てたりはしない。ものごとには順序がある。私の身に起きることは全部記録しておかなければならない。どんな順序か理解することができない私の無能さも含めて。なぜって私は自分の内にも外にも、およそ順序なんて見なかったからだ。見かけなんて空しいと思いながら見かけに頼っていた。細かいことはどうでもいい。あえぐ、沈む、浮かぶ、あえぐ、憶測する、否定する、肯定する、否定する。それでいい、自分と別れることを前ほど望んじゃいない。なるようになれ。私は明け方を待った。何をしながら？　わからない。私のすべきだったことを。窓ガラスをじっと見た。自分の苦痛、無能は放っておいた。最後にふと、誰かがやって来るような気がした。

夏休みが終わろうとしていた。運命のときがせまっていた。自分に託された希望をサポがかなえるか、裏切るか。この子はすっかり準備ができている、とサポスカット氏は言っていた。そしてその妻は、危機的な時期になると信仰心を募らせ、ひたすら成功を祈った。夜は寝間着を着て、夫が怒るだろうから、声を出さずに祈り続けた。受かりますように！　受かりますように！　他に説明もなく！

この最初の大きな試練を乗り越えれば、毎年、一年に何度も、五、六年のあいだ、別の試験があることだろう。しかしサポスカット家にとって、その最初の試練に比べれば、あとのは大変ではなく、これに受かれば、息子は医学の勉強をしている、法律の勉強をしていると一家は言えるのだ。なにしろ彼らは、さほど賢くなくても、ほぼ正常な若者なら、ひとたび職業教育を受ければ、いつかはその職業につけるに決まっていると思っていた。なにしろ彼らは、たいていみんなそうであるように、医者や弁護士に用事があったからだ。

ある日、サポスカット氏は万年筆を安値で買ってきた。ブラックバードだった。試験の朝にこれをやることにしよう。彼は長いケースを開けて妻に万年筆を見せた。ケースのなかに入れておくんだよ、と彼は言った。妻が手に取ってみようとしたからだ。万年筆は説明書の上においてあり、説明書の端が巻きつけてあって、両側がその上でくっつきそうになっていた。サポスカット氏はそれを開いて箱を妻の目に近づけた。しかし彼女はそれを見るかわりに夫を見た。彼は値段を言った。たぶん、前の晩にわたして慣れるようにしたほうがいいんじゃない？と彼女は言った。そうだな、考えなかった、と彼。前の前の晩でも、いいくらいだわ、ペン先の具合がよくなかったら取り替えてやらなくちゃいけないでしょ。黄色い嘴を大きく開けて歌っているツグミの絵が、ケースの蓋に貼ってあった。サポスカット氏は蓋を閉め、半透明な紙のなかに器用な手つきでケースを包み、その上に細いゴム輪をかけた。彼はふくれつらをしていた。これはふつうのペン先で、きっと彼に合っているはずだ、と彼は言った。

この会話は翌日も続いた。サポスカット氏は言った。万年筆は、ただ貸してやることにして、もし受かったら自分のものにしていいと言おうか。そんなら、すぐに言ってやらなくちゃ、何にもならないでしょ、とサポスカット夫人。それに対してサポスカット氏は少し黙り最初の反論をした。そしてもう一度黙ってから、第二の反論をした。第一に息子は、すぐに万年筆をもらったら、書く前に壊したり、なくしたりするかもしれない。第二に仮に壊しもせず、なくしもしなくても、すっかり万年筆に慣れてしまい、その欠点だってよく知りつくし、もっと裕福な仲間たちのものと比べてみて、それを自分のものにすることなんかどうでもよくなってしまう、と彼は反対した。そんな安物だとは知らなかったわ、とサポスカット夫人は言った。サポスカット氏はナプキンの上に手をおいて、しばらくそれを見つめた。そしてナプキンを畳み、立ち上がって部屋を出た。食事を終えて！と彼の妻は叫んだ。ひとり残された彼女は、夫の足音が並木道を、遠ざかり、近づき、遠ざかり、また近づくのを聞いた。

ある日サポはルイの一家のところにいつもより遅くやってきた。しかし彼がいつも何時に来るか、誰か知っていただろうか。ものの影が長くなり、すぐに薄くなっていった。遠くのまだ収穫したばかりの麦畑の隙間に、ルイ親父の赤く白い大頭が見えて、サポはびっくりした。親父さんは、夜のうちに死んだ雄ラバのために大きな穴を掘って、そのなかにいた。エドモンドが口をぬぐいながら外に出てきて、父親の手伝いをしようとした。父親が穴から上がり、息子がかわりに降りた。彼らの家に着いて、サポは雄ラバの黒い屍を見た。それですべてがはっきりした。雄ラバは、当然ながら横腹を下にして横たわっていた。前足はまっすぐに硬直し、後足は腹の下によせてあった。開いた口、反り返った唇、大きな歯とむきだしの目は、尋常でない死の表情を見せていた。エドモンドは父親につるはし、シャベル、スコップをわたして穴から出た。一人が前足をもち、もう一人が後足をもってラバを穴まで引きずっていき、背中を下にして落とした。前足が天に向かい、穴の縁から少し出ていた。親父さんがシャベルでたたいて、その足を折り曲げた。そしてシャベルを息子にわたし家に戻った。エドモンドが穴を埋め始めた。サポはその作業を見ていた。大いなる安らぎが彼のなかにわきおこった。大いなる安らぎとは言いすぎだ。ただ気分がよくなっていた。ひとつの生命の終わり、それは元気を与えてくれる。エドモンドは作業を休み、シャベルにもたれ、荒く息をしながら微笑んだ。彼の切歯のあいだには、大きな薔薇色のすきまがあった。でぶのルイは窓辺に腰掛けて、息子を見守っていた。シガレット・ホルダーでタバコを吸い、白ワインを飲んでいた。サポは彼の真向かいに座り、片手をテーブルにおき、その上に額をおいて自分ひとりになったつもりでいた。額と手のあいだにもう一方の手をはさんで、じっとしていた。ルイが喋り始めた。機嫌がいいようだった。話では、雄ラバは老衰で死んだのだった。二年前に買ったときには屠場に連れていかれるところだった。だから言い値で買えた。すぐ手打ちとなったが、そのラバは耕作をさせたらたちまち倒れてしまうだろうと、売り主は言った。しかしでぶのルイは、雄ラバのことならよくわかっていた。雄ラバは目が大事で、他はどうでもいい。彼は屠場の入口で、そのラバの目をよく睨んで、まだ役に立つのを見てとった。すると屠場の中庭で、ラバも彼の視線に応えた。ルイの話が進むほどに、屠場の話題がますます主になった。こうして取引の場所はだんだん変わり、屠場の道から屠場の入口へ、入口から中庭へと移っていった。もうちょっとで、屠体を解体する作業員とラバをめぐって言い争うところだった。まるで頼むからラバを引き取ってくれと言わんばかりだった、とルイは言った。全身傷だらけだったが、雄ラバが年を取って傷だらけでも、それで決めつけちゃならない。大事なのは目なんだ。もう何十マイルも耕してきたから、家に着く前にきっとくたばってしまう、と言ったんだ。俺は六か月は持つと思ったが、二年も役に立ってくれた、とルイ。喋りながら、彼は息子を監視していた。彼らは暗がりのなかで向かいあい、一方は話し、他方は聞いていた。そして一方は相手の言っていることから遠くに、他方は相手の聞いていることから遠くにいて、たがいに遠くにいた。土のかたまりは消えつつあった。かすかな残光のなかで、大地には奇妙な反映があらわれ、濃くなっていく影のなかで、内側から照らされたように、あちこちがきらめいていた。エドモンドは、しょっちゅうシャベルにもたれて休み、あたりをながめた。俺は屠場で家畜を買ってくるんだよ。ルイは付け加えた。あの怠け者を見てくれ。彼は外に出て息子のそばでまた作業を始めた。二人はしばらく相手のことはかまわずに一緒に働いた。それから息子はシャベルを投げ出し、背を向け、ゆっくり離れて行った。一様な滑らかな動作はぜんぜんがたつくこともなく、労苦から休息へと、それだけが唯一の可能な結末であるかのように移って行った。雄ラバの姿はもう見えなかった。このラバが一生踏み続けた地面のほうは、もはや犂や車の前で四苦八苦するラバを目にすることがない。そしてでぶのルイは、もうすぐこの同じ場所で、屠場で買ってきた別の雄ラバ、あるいは老いた馬、あるいは老いた牛を使って耕すことになるだろう。屠場というか、それは検査不合格の動物を解体する職人で、それが売れたら、ひどい臭いの肉を刃物でかきまわしたり、その肉に包まれている太い骨のせいで刃の切れ味を落としたりせずに済むのだ。なにしろでぶのルイは、埋めた動物が、意外なことに光のほうにせりあがって来ることがあるのを知らぬわけではなかった。死骸は溺死者に似ているのだ。深さ六フィート以上はない穴を掘りながらも、彼はこのことを考慮に入れていた。エドモンドと母親は黙ってすれちがった。母親は隣家から戻ってきた。スープのためにレンズ豆を半キロ借りに行ってきた。その重さを量るのに使った立派な秤を思い浮かべて、秤はちゃんと調節してあったかと自問していた。夫を前にしても一瞥もすることなく、素早く通り過ぎて行った。それに夫のほうも、いっこうに妻に目を向けるふしがなかった。暖炉の上の目覚まし時計の横においてあるランプに妻は火を灯した。時計は釘にかけた十字架の横にあった。ちなみに、これら三つの物は、むき出しの上板の真ん中にあった。目覚ましは三つのうち一番小さくて真ん中におくしかなく、十字架は釘にぶらさがっているので、ランプと十字架の位置を取り換えることはできなかった。彼女は額と両手を壁で支えて、ランプの芯をあげるときを待ち構えた。結局芯を上げ、罅割れのせいでみすぼらしくなった黄色いガラスの蔽いをかぶせた。サポの姿を見て彼女は一瞬それが娘かと思った。そこにいない娘のことを考えた。ランプをテーブルにおくと、外が見えなくなった。

座って、テーブルの上のレンズ豆を鞘から出し、選別を始めた。だからテーブルの上にはすぐに二つの山ができた。大きいほうは小さくなり、小さいほうは大きくなった。しかし突然いきり立ち、二つをかきまぜ、あっというまに二、三分間の仕事を帳消しにした。そして鍋をとりに行った。豆なんかで死んだりしない、と彼女はつぶやいた。手の縁で、テーブルの端にレンズ豆をかきよせ、そこから鍋に入れた。大事なことは、死なないことであるかのように。しかし不器用に、急いで豆を放り込んだので、大部分が鍋に入らずに床に落ちた。それから彼女はランプをもって、たぶん薪を、あるいは脂身のかたまりをとりに出て行った。台所はまた暗くなり、逆に外の闇は徐々に弱まり、サポはガラス窓に目を近付けて、いくつかの物体を見分けたが、そのあいだにでぶのルイのもたもた歩く暗いかたまりがあった。何の役に立つかわからないうんざりする仕事を、みんなが途中でやめてしまうこと、サポはそれにすっかり気づいていた。なにしろ大半の仕事は、人が何と言おうとそういうもので、やめるときは諦めたときなのだ。ルイ夫人が夜明けまでずっとレンズ豆をより分けたとしても、いい豆だけを選ぶという目的は達成されなかっただろう。それでも最後にはこうつぶやいてやめただろう、できるだけのことはしたもの。彼女はできるだけのことをしたわけではない。それでも諦めるときがくる。それが賢明というもので、だからと言ってすべてなし崩しにしてしまうほど失望したわけではない。しかしレンズ豆をより分けたときの彼女の目的は、レンズ豆以外の屑ではなく、ただ大きい豆を取り除くことであったならば？　それがどうした？　わからない。他の日には他の仕事があって、大まちがいをしでかすこともなく、それを終えたと言うことができる。特にどの仕事とは言わないが。まぶしくないように、彼女はランプを宙に少し離してもち、戻ってきた。片手には白いウサギの後足を握っていた。なにしろ雄ラバが黒かったなら、ウサギは白かったのだ。ウサギはもう死んでいた。もう生きていなかった。殺される前に、ただ恐怖のせいで死んでしまうウサギがいるものだ。たいていは耳をつかまれて、ウサギ小屋からひっぱりだされ、うなじか喉か、素早く急所を襲われるまで、恐怖の時間を送るのだ。しばしば、気づかないうちに、もう屍になったウサギを殺している。なにしろたったいままで金網の向こうの草の葉のあいだでピンピンしているのを見たばかりだ。そして最初の一撃が成功したのは喜ばしいことだった。無駄な苦しみをあたえたくないからだ。ところが実は無駄な心配だったのだ。これは夜にはありがちで、夜のほうが恐怖は大きいからだ。雌鶏は反対にずっと執念深く生きようとする。もう首を切られていても、倒れる前にまだ最後のアントルシャをやってみせる。鳩だってもう少し神経が図太くて、首を絞められる前に、ときには抵抗を試みる。ルイ夫人は息を切らしていた。畜生！と叫んだ。しかしサポはもう遠くにいて、牧場の高く生い茂った草のなかに手を泳がせていた。少ししてルイと息子が、いい匂いに誘われて台所に入ってきた。食卓に向かいあって座り、たがいに見あうこともなく彼らは待った。しかし妻、つまり母親は、ドアまで行って娘を呼んだ。リーズ、と力いっぱい何度も叫んだ。それから彼女はかまどに戻った。彼女は月を見たところだった。少ししてルイがはっきり言った。明日グリゼットを殺す。当然ながら彼はこれを別の言葉で言ったのだが、意味はそういうことだった。しかし妻も息子もこれには賛成できなかった。妻はむしろ殺すならヌワローにしてほしかったし、息子は、もう子山羊を殺してしまうのは、どっちにしようと彼にとっては同じことでも、とにかく時期尚早と思ったからだった。しかしでぶのルイは彼らに黙れと言い、ナイフを収めた箱を片隅にとりに行った。ナイフは三つあって、油汚れを拭き、少し擦りあわせて研いだ。ルイ夫人は戸口に戻り、耳を傾け、また呼んだ。遠くで羊たちがそれに答えた。リーズが戻って来る、と彼女は言った。しかしリーズが戻ったのはしばらくしてからだった。夕食が終わるとエドモンドは寝室に行ってしまった。同じ部屋で寝る妹がやってくる前に、思い通りに自慰するためだった。妹がいると気兼ねするわけではなかった。妹だって彼がいても気兼ねしなかった。狭い部屋では、いちいち相手に気を配っていられなかった。だからエドモンドは、特に理由がなくても引きこもった。彼は喜んで妹と寝たかもしれない。父親だって。つまり父親は娘と喜んで寝たかもしれない。彼が喜んで妹と寝たかもしれない時代は遠い過去のことだ。しかし何かが彼らをおしとどめた。

それに妹がそんなことを望んでいないようだった。彼女はまだ幼かった。近親相姦の雰囲気だけはあった。一家で、ルイ夫人だけはもう誰とも寝たくなかった。夫が近づいても無関心に見ているだけだった。夫人が外に出ると、娘と二人だけになったでぶのルイは娘を観察した。娘はかまどの前に座って、うちひしがれていた。ルイが食事をするように言うと、娘はウサギの残りを鍋からじかに匙で食べた。しかし家族の一員をじっと見つめているのは、たとえ望んだとしても難しいことだ。でぶのルイは突然娘が別の場所に移り、鍋から口に、口から鍋に匙を運ぶことをやめて別のことをしているのに気づいた。ところが彼はずっと娘から目を離していないはずだったのだ。彼は言った。明日グリゼットを殺すから、よかったら、おまえはつかまえているんだぞ。娘があいかわらず悲しみに暮れ頬を涙で濡らしているのを見て、近づいて行った。

なんと退屈な。石の話でもしようか。いや同じことだろう。ルイの一家、ルイの一家、問題はルイ一族なんだ。いや、特にそれが問題じゃない。しかしいまのところ、他の話題は消えてなくなった。私の計画はどこに？　さっきは計画があったのに。たぶんまだ十年分はあるんだ。だから他のことを考えながら、もうちょっと続けよう。これにかかりきりになるわけにはいかない。精神は遠くにあって、私は遠くから自分がルイの一家について語るのを、自分について語るのを聞くだろう。精神はここから遠くで、自分の残骸のあいだをさまよっているだろう。

そのとき台所には、ルイ夫人しかいなかった。窓辺に座り、ランプの芯をさげた。いつも息を吹きかける前にはそうした。まだランプが熱いうちに、息を吹きかけたくなかった。ガラスと、覆いの部分がすっかり冷えてしまったのを確かめて立ち上がり、なかに息を吹き込んだ。食卓に両手をつき、しばらくためらって、また座った。別の労苦とともに始まった一日が終わり、いまは内心の、しつこい痛みをともなう愚かしくも頑固な人生の労苦がのしかかる。横になるよりも、座ったり行ったり来たりするほうが、この労苦は耐えやすい。この終わりのない疲労の底から、彼女は願をかけ、夜には昼に、昼には夜に、そして昼も夜も、怖れながらあの光によびかける。彼女はその光に浴することはないと、いつも誰かが彼女に言ってきた。なにしろそれは正確に言うならば光ではなかった。彼女がなじんでいる、確かにそれとわかる光が戻ってくるのを、彼女は台所で待った。特に夏のあいだはあまり眠らず、椅子に背筋を伸ばして、あるいは食卓に倒れ込み、ベッドよりは楽でも、あまりくつろがずに。しきりに立ち上がり、部屋のなかを歩き、外に出ては、あばら家の周囲を回った。彼女がこんなふうになったのは五、六年前からのことにすぎなかった。婦人病にかかっている、と自分に言い聞かせていたが、実は信じていなかった。昼のあいだの苦労が染みついた台所では、夜はすっかり夜と思えず、昼がすっかり途絶えたとは思えなかった。辛いときに耐える気力が必要なときには、古い食卓に指をおしつけてしのいだ。すぐに食卓のまわりには家族が姿を現し、給仕を待ち、自分のまわりに毎日の台所用具が仕事を待ち構えているのを感じた。ドアのほうに行って開け、外を見た。月は消えていたが、星が強い光を放っていた。長いあいだそれを見ていた。これはときどき気持を宥めてくれる見世物だった。井戸のほうに行って鎖をつかんだ。バケツは井戸の底にあり、巻き上げ機は固定してあった。そんな夜だった。彼女の指は、波打つ鎖の輪にそってさまよった。言葉にならない問いがたがいに溶けあって、心のなかでもろくもおしつぶされた。娘のことも気がかりのようだったが、娘のことだけを気にかけていたわけではなかった。娘は眠れずに、耳をそばだてていた。母親が起きているのがわかって、彼女は起き上がり、母親のところに行こうとした。しかし翌日か翌々日になって、ようやく彼女は母親に言うことにした。サポが彼女に最後の別れを告げたこと、彼が行ってしまうことを。そこで、あまり縁のない死者に対してもみんながするように、彼らはおたがいに一致協力して、サポが残したはずの思い出を集めようとした。しかしあのちっぽけな炎、薄くなった影のなかの震えは、誰も知っている。思い出がひとつにまとまるのはあとになってから、忘却とともにでしかない。

死ぬほど退屈。あるとき私は意欲について、あるイスラエル人[10]に助言を求めた。これは私がまだ自分に忠実な誰か、自分も忠実になれる誰かを求めていた時代のことだ。私はそのとき大きく目を見開いて、これと思った人物に私の眼差しの深さを讃えてほしく、言葉では言わないすべてのことが、そこに生み出す反映を讃えてほしかった。私たち二人の顔はくっつきそうなほど近づいて、私は自分の顔に熱い空気と唾が吹きつけるのを感じ、たぶん彼もまた自分の顔に同じことを感じていた。彼がようやく落ち着き、目と口を拭くのを見たが、私は伏し目になり、悲しい気持になっていた。小便がズボンにしみだして、私の足もとに小さな水たまりを作っていたのだ。いまではそんな必要もないのだが、彼の名前を言っておこう。ジャクソンだ。彼が猫か、幼い犬か、あるいはもっといいのは老いぼれた犬でも飼っていたらよかったのにと思っていた。しかしものを言わない伴侶として彼が飼っていたのは、灰色と赤の鸚鵡で、彼はそれに教え込んで、Nihil in intellectu［知性のなかには何もない］[11]などと言わせようとした。この三つの単語を鸚鵡は上手に発音したが、名高い制限事項のほうはごまかしがきかず、クアクアクアクアクアクアという声しか聞こえなかった。ジャクソンが苛ついて、むきになってやりなおさせようとすると、ポリーは真っ赤になって怒り、籠の片隅に引きこもってしまった。鳥籠はずいぶんきれいで、よく手入れがしてあり、止まり木、ブランコ、餌箱、水入れ、踏み台、たくさんのいかの骨などがそろっていた。

いろんなものがありすぎて、私だったら狭いと感じただろう。ジャクソンは私をメリノ羊と呼んだ。なぜだかわからないが、たぶん話し方のせいだろう。私のほうは、迷える羊の群れというイメージは、私より彼のほうにぴったりだと思っていた。しかし結局、私は風しかイメージしなかった。その風はいつも容赦なく吹いた。私とジャクソンの関係は、少しのあいだしか続かなかった。彼を友達にしても我慢できたと思うが、不幸にも、私は彼の気にいらなかった。ジョンソン、ウィルソン、ニコルソン、ワトソンにも気にいらなかった。みんな豚みたいな奴だ。それからしばらくのあいだ、もっと下級の種族、赤いの、黄色いの、チョコレート色の連中のなかに親友を探した。ペスト患者がもっととっつきやすかったら、連中のあいだにまぎれこんで、目をきょろきょろさせ、動きを控え、作り笑いを浮かべて、役立たずで、意欲的で、胸をどきどきさせただろう。痴呆の連中とも、ぎりぎりのところで、うまくいかなかった。そうなる定めでしかなかった。しかしむしろ、いま現在どうなっているか見てみなくちゃならない。若いときは、年寄りを、驚いて恐れて見たものだった。いまあぜんとするのは、大声でわめく赤ん坊だ。いつのまにか家中が赤ん坊でいっぱいになっている。面白きかな大海にて[12]、特に上陸してまごついている輩には。もううんざりだ。何ひとつとして抜かりがないはずと思っていたのに。体が思い通りになるなら、窓から身投げするところだ。しかしたぶん私が無能だからこそ、まだこんな考えが持てるのだ。

すべてがつながり、すべてが人をつなぎとめる。不幸なことに私は何階にいるのか知らない。たぶんここは中二階でしかない。ドアのガタつく音、階段の足音、道路の騒音が聞こえても、何階にいるのかわからない。私の上にも下にも生きた人間たちがいることだけはわかっている。だから地下にいるわけではない。それにときどき窓越しに空が見えて、どうやらこの窓は他の窓に面しているようだ。しかしそれでは何も確かにならない。何も確かめたくない。出まかせを言っているだけだ。たぶん結局のところ私は一種の地下室にいて、道路だと思い込んでいる空間は、他の地下室にも通じる大きなくぼみにすぎないのだ。それなら下から聞こえるあの騒音は？　私のほうに昇ってくるあの足音は？　たぶんここより深いところに、他にも地下室がある。ないわけがない。その場合、私はいったいどの階にいるのかということが、改めて問題になる。ここは地下だとしても、地下が何階もあって重なりあっているとすれば何の解決にもならない。それにしても、この騒音、この足音が、下から聞こえてくると私は言っているが、それは事実なのか。それがほんとうだという証拠は何もない。というわけで、これはまぎれもない単なる幻覚だと結論するとすれば、なかなか一線を踏み越えるのはためらうところだ。それに私はほんとうに思っている。この家には、行ったり来たり、喋ったりする連中がいるし、特に少し前からは、たくさんの可愛い赤ん坊もいて、親たちは、赤ん坊がじっとしているのに慣れたりしないように頻繁に場所を変えてやり、そのうち誰の助けがなくても動けるように備えさせてやっている。しかしよく考えると、彼らがどこにいるのかわからない。結局は、降りて来る足音は登って来る足音とそっくりだし、少しも高さを変えずに往来する音だってそっくりなのだ。要するに自分はどこにいるかわからず、とどのつまり音に関して正確には自分が何を期待できるかも知らず、同時に大半のときは半分つんぼなのだ。いかにがっかりすることにせよ、もちろん私がいますでに死んでおり、すべてが過去と変わらず続いている、という可能性だってないわけではない。たぶん私は森のなかで、しばらく前に息絶えてしまった。その場合は、しばらく前からの私の気苦労は、絶対に全部無駄だった。何か目的があったとしても、ほとんど覚えていないし、ただもう長くはそんな目的をもってはいられないという感情があっただけだ。しかし良識に照らせば、私はまだ息をするのを完全にやめてはいなかった。そしてこの見方を根拠にして、いろいろな考察が引き出せる。たとえば私の所持品の小さな山、栄養と排泄の仕組、向かいにいるカップル、空の変化などに関することだ。こんなことはみんな、実際はたぶん私についた蛆虫にすぎないのに。このわび住まいを照らす光のことを例にとってみよう。この光は奇妙だ、これについてはそれしか言うことはない、ほんとうにそれだけだ。私の居場所には一種の夜と昼がある。これは了解済みのことだ。まったく暗闇のことだってよくあるが、ここに来る前にどうやら私にとって習慣になっていた、その習慣通りではない。例をあげれば、例とは何よりも大事なのだから、私のところが真っ暗になると、少し待ちきれない思いで夜明けを待ったものだ。暗闇では私にとって難しいことをするために光が必要だった。実際少しずつ光が戻ってきて、私の棒で必要なものをひっかけることができた。ところが、いまこの光は朝の光ではなく、夕方の光であることがはっきりしたのだ。そして太陽は私が期待したようにだんだん空に昇るどころか、いま沈む最中で、夜は私なりのやり方でその終わりに別れを言ったのに、冷酷にも再び居座ろうとしていた。いまは言ってみれば反対で、つまり夜明けの黄昏において光が尽きようとしていたということだ。こんなことは経験した例《ためし》がないと白状しなければならない。これには困った。こんな経験をしていること自体も、決心して肯定するということができなかったのだ。しかしながら、私はたびたび非力ながら全力を尽くして夜を求め、いわば朝から待ち望んだのだ。夕方から次の朝を待ち望んだように。しかしこの話題を片付けて次のにとりかかる前に、正直に言っておこう。私の居場所が明るくなったことなんか一度もない、ほんとうに明るくなったことなんか。明るい光はいつもあそこ、外にあり、空気はそれできらめき、正面の壁の花崗岩は雲母でかがやき、光は窓にぶつかるが透過しない。だからここでは、すべてのものが影のなかに、薄明かりのなかにあるとまでは言わないが、一種の鉛色の光のなかにあり、それは影を作らないと言いたい。したがってその光がどこから来るのか知るのは難しい。なにしろ光は、一時にあらゆるところから、等しい力で射してくるように感じられるからだ。だからたとえばベッドの下はいまこの瞬間にも、たとえば天井と同じくらい明るいと確信できる。大したことではないが、言っておこう。あなたに言っておこう。つまり言いたいことは、ここには色彩がないということだ。この灰色がかった白熱状態さえも色彩であるとすれば別だが。そう、もしかしたら灰色について話すことができるかもしれない。望むところだ。そうすると灰色と、それに多少とも覆われた黒色のあいだで、私のなかではあるゲームが、または葛藤がはじまる。時間がたつにつれて、と言いたいところだが、いつも時間の問題ではないようだ。私自身が灰色で、ときどき私は、たとえばシーツと同じ灰色になっていると感じている。そして私の夜さえ、空と同じように暗くはならない。確かに黒はどこでも黒なのだ。しかしそれならなぜ、遠くに輝いているのを見ることがあるあの星々から、私のちっぽけな空間は何の恩恵にもあずからないのか。カインが重荷を背負っているあの月は、なぜ私の顔を照らしてくれないのか。要するに外の光が、人間たちの光が存在するらしい。彼らは太陽があるとき昇り、またあるとき地平線の彼方に沈むことを知っているし、それを当然と思っている。雲だっていつも現れるし、いつも遅かれ早かれ散らばってしまう。そして私の光も存在するが、この光も交替するのであって、私はそれを、その暮れ方、その明け方を否定しようとは思わない。私自身がそれを言っているわけで、なにしろ私だって生きなければならなかったのであって、それは有無を言わせない。そして天井や壁をじっと見つめていると、たとえば正面に住む連中がやっているように自分のところを人工的に明るくするなんて、可能性がないと思うのだ。そのためには誰かが私にランプや燭台なんかをくれなくちゃならないが、ここの空気が燃焼に向いているかどうかも私にはわからないのだ。覚えておくこと、身の回り品、所持品のなかにマッチを探すこと、火がつくかどうか確かめること。騒音も、叫び、足音、ドア、ささやきなども、いつも一日中静まっている。他人たちの一日。老練な私としては、静寂にこそ、何も、なんと言おうか、たぶん何も否定的なものはない、とでも言って悦に入るだろう。そして私のちっぽけな空間は、穏やかに、またぶんぶんうなりを発する。頭のなかで鳴っているにすぎない、と言われるかもしれない。そして確かにしばしば私は頭のなかに存在するだけで、これらの八つ、いや六つの壁は、分厚い骨でできているように思える。しかしだからといって、これが私自身の頭だということにはならない。それは決してありえないことだ。一種の空気のようなものがそこを循環している。そう言うべきだった。そしてすべてが静まったとき、その空気が仕切り壁にぶつかり、壁のほうも当然その空気を跳ね返す。そのとき中心のどこかで、別の波動、別の攻撃が、集中したり、分散したりする。そのためたぶんあの空中の砂浜にかすかなざわめきが生じるが、それは私の沈黙なのだ。あるいは、それは地上の大気のなかに巻き起こる嵐のようであり、子供や、瀕死の人々や、恋人たちの叫びを蔽ってしまう。そのとき私は無邪気にも、叫びが止んでしまったと思うが、実は叫びは途絶えることがないのだ。はっきり是非を言うのは難しいことだ。それに頭蓋のなかは、果たして真空なのか。さあ。もし目を閉じれば、ほんとうに目を閉じれば、他人にはできず私だけができる程度に目を閉じるなら、なにしろ私の無能さにも限界があるのだから、そのあいだにときどき私のベッドが浮かび上がり、渦巻きにまかせて大気をさまよい、それはまるで藁屑のようで、そのなかに私がいる。幸いにもそれは瞼がどうしたという問題ではなく、いわば盲目にしてやらなければならない魂のようなもので、いかに否定しようとも、この魂は檻に閉じ込めても、物事を見抜き、警戒し、気遣うのだ。港も船も物質も悟性もない闇のなかで明かりに照らされたようなもの。ああ、そうさ、これが私のささやかな娯楽で、その義務は

何という災い、鉛筆が手から落ちたにちがいない。なにしろあれから四十八時間とぎれとぎれの努力を続けたあとで、やっとそれを拾ったところだ（前のどこかを見てほしい）。例の私の棒に欠けているのは、夜行性の獏がもっているような、ものをつかめる鼻である。ほんとうはもっと頻繁に鉛筆をなくしたほうがいいのだ。それで苦しいわけではないし、もっと元気になるかもしれないし、もっと陽気になるかもしれ

ない。もっと愉快じゃないか。私は忘れがたい二日間をすごしたところだが、これについてはなにもわからないだろう。あまりに距離が大きいか、あるいは小さすぎる、もうわからない、わかっているのはただこの二日間で、私はすべてを解決したか、完了したということ、マロウン（実際、いま私は自分をこう呼ぶことにしている）ともうひとりにかかわることすべて、という意味である。なぜなら他のことはもう私の管轄ではないからだ。うまく言えないが、それは細かい砂あるいはたぶん埃や灰が崩れた二つの山のようなもので、確かに重要性は異なるが、一致団結して進み、それぞれ自分のあとに、自分の代理として不在という貴重なものを残すのだ。このあいだ、私はぎくしゃくしながら、私の鉛筆を回収しようとしていた。小さなヴィーナス製で、おそらくやはり緑色で、五角か六角あって、両方が削ってあり、あまり短くて、真ん中に、親指と次の二本のしめつけた指のための場所があるだけだった。その両方の先端を、しばしばしゃぶりながら使った。私はおしゃぶりが好きなのだ。先端が丸くなってくると、長い黄ばんだ研ぎ澄ました爪で、芯を出した。爪はたぶん石灰分やリンが不足しているため、すぐに割れた。こうして徐々に鉛筆は短くなり、それは仕方のないことだが、わずかな切れ端だけが残って、もう手に取ることができなくなった。だからできるだけ力を入れないで鉛筆を握るようにしたが、芯が硬くて、力を入れなければ跡がのこらない。しかし私はつぶやいた。硬い芯なら、跡が残るように力を入れなければならないし、柔らかいねっとりした芯なら少し触れるだけでページは黒くなるが、耐久性という点ではどんなちがいがあるのか。ああ、そうだとも、私にはこんなちっぽけな楽しみがあるのだ。実に面白いことには、私は他にもフランス製の、長い円筒形で、ほとんど使っていない鉛筆をもっていて、たぶんベッドのどこかにある。だから鉛筆に関して心配することはない。それなのに私は心配している。いま鉛筆探しをしながら私は面白い発見をした。床が白くなっているのだ。例の棒で繰り返したたいたので、床は乾いた虚ろな、いわば空々しい音をたてた。それで気づかされ、私の上や周囲の、他の広い表面を注意深く見つめた。このあいだにも砂はあいかわらず流れ落ちていた。そして鉛筆については、決して見つからないだろうとつぶやいた。さらに確かめられたことは、この広い表面は、土台面とでもいうべきだったかもしれないが、水平でもあれば垂直でもあり、ここから見ればまったく垂直ともいえなかったが、いつのことだったか前に点検したときに比べて、目に見えて色あせてもいた。一般的にこういうものは、時がたつにつれて、むしろ黒ずんでいくと思うので、これはなおさら驚くことだった。もちろん死骸や、まだ生きていて、色を失い、ついには血が引いていった体のどこかなら話は別だ。何が起きているかをわきまえているいま、これはつまり私の居場所が、ずっと明るくなっているということを意味するのか。ところが、ちがう、と言わなければならない。それは前と同じ灰色で、ときどき文字通りきらめき、それから混濁し、かすかになり、お望みなら濃くなり、私の目には何も見えなくなってしまうほどだ。窓だけが例外で、そこはいわば私の拠点で、それも消えてしまったら何とかして切り抜けるだろう。ちがうんだ。私が言いたいのは要するに、目を見開きながら、この不安な暗闇の果てに骸骨のようなものが光るのを見ているということ、私の知るかぎりそんなことはいままでなかったことで、そのうえ私ははっきりと、まだ壁にまばらに張り付いている布や紙を思い出している。そこには薔薇や菫や、他の花々がにぎやかにくねっていて、生涯でこんなにたくさんこれほど美しい花を見たことはないような気がした。しかしこれらすべてのうち、いまでは何も現存していないようで、もし天井に花が描いてなかったら、おそらく別のもの、たぶんキューピッドたちが描いてあったのだろうが、それも消えてしまった。そして鉛筆を探しているあいだ、あるとき私の学習ノートが、いくつかの指標から判断するにそんなものだったのだが、それも床に落ちたので、急いで棒についた鉤を滑らせ、表紙の破れ目にひっかけ、ゆっくりそれをもちあげて拾った。もめごとや不都合がたっぷりあったこの時間のあいだ、頭のなかですべてが水門を通り抜けて流れ出し空になってしまったと仮想して、嬉しくてたまらなかった。マロウンのことも、もう一人のことも、ついにもう何も残っていなかった。そのうえ、この解放の様々な段階をつぶさに観察して、その進行が停滞したり加速したりするのを見ても、ぜんぜん驚かなかった。物事がそうなるしかない理由は、私にとってそれほど明白だった。それにこの光景とは別に、いまこそ自分はなすべきことを知っていると思ってほくそ笑んでいた。なにしろ私の全生涯は手探りで進むばかりで、その停滞ぶりも暗中模索で、手探りしながら立ち止まってばかりいた。だから私は当然またも幻想を抱いていた。つまり馬鹿げた暗中模索を続けるなかにも、ついに明らかに見えてきたものがあると思ったのだ。しかしいまさら後悔するほどのことではない。なにしろ、なんて単純で美しいんだ！とつぶやきながら、自分に言い聞かせたのだ。すべてがまたおぼろげになる。そしてあまり悩むこともなく、あるがままの自分を私は見出す。つまり少しずつ取り除いていくが、疲労も手伝って、手は戯れ始め、いわば夢見がちに、そのままいっぱいになったり空になったりする。なにしろ私はそれを待っていたのだ、自分自身に「やっと！」と言い聞かせながら。そして私としてはこの手の感覚はいつもおなじみのものだと言わなければならない。それは私の微粒子のなかをだらだらと掘り返すうんざりした盲目の手で、その微粒子が指のあいだを流れ落ちていく。すべてが平静なときには、その手が肘まで私のなかに潜り込んできたのを感じるが、穏やかに眠っているようだ。しかしすぐにその手は震えだし、目覚め、私に媚び、いらだたせ、掘り返し、ときには、私を片付けてしまえないことに腹いせするように、かきまわす。私にはこの手のことがわかるのだ。しかし私は確かにもろもろの奇妙なこと、無根拠なことを感じてきたので、このことはたぶん黙っておいたほうがよかろう。たとえば、私が液状化し、泥の状態になっているこの時代について語っても、それが何になろう。あるいは私が針の穴にはまりこんで硬く縮まりかけていた時代ならどうだろう。そんなことを語るのは親切な試みともいえようが、ちっとも問題の解決にならない。だから私はちっぽけな娯楽について語り、どうやらこう言おうとしていたのだ。立ったままくたばりかねないほどのあんな生死にかかわる話をきり出すかわりに、こんな娯楽で満足しているほうがいいと。ほんとうに生死が問題になっているならば、のことだが、どうやらそれが問題のようだ。なにしろ私の記憶では、他のことが問題になったことはないのだ。しかしほんとうは何が問題なのか、いまはとても言うことができない。生死なんて、あまりに漠としている。初めは私にもちょっとした考えがあったはずだ。でなければ始めはしなかった。静かにしていただろうし、黙って頑なに退屈したままでいただろう。たとえば円錐や円筒、アワ粒、わけのわからないもので戯れたりした。誰かが親切に面倒をみてくれるまで。しかしちょっとした思いつきが頭から飛び出した。かまわない。もう一つ別のも思いついたところだ。たぶん同じ観念にすぎない。観念なんてわかってみれば、みんなよく似ているものだ。生まれること、これがいま私が抱いている観念だ。つまりどこにでもある炭酸ガスとは何かわかってきて、それに感謝するようになる時間のことだ。結局これがいつも私の夢だった。結局私の夢だったあらゆること。弓があったのに矢がなかったのだ。記憶は必要ない。そう、このざま、いまになって私は老いた胎児だ、白髪で不能だ。母はうんざりする、私は母を腐らせた、母は死んだ。母は壊疽になった産道から生むしかない。親父もたぶんお祭りに加わる。私はおぎゃあおぎゃあ泣きながら、骸骨の山の上に生み落とされる。そもそも泣いたりなんかしない、そんな必要はない。何という話を私は自分にしてきたんだ、黴にしがみついて、誇張してばかりで。「いいぞ、わが伝説を手に入れたぞ」なんて自分に言い聞かせながら。これほど興奮しているのは、何が変わったせいなんだ？　違う、と言おう。私は生まれはしないし、だから決して死ぬこともない。そのほうがいい。もし私が自分のことを、そして私の子であるもう一人のことを語るなら、私は他人を食べたように、この子も食べてしまうのだが、それはいつものように愛の欲求のせいで、畜生、こんなこととは思わなかった、この小人が欲しかったせいだ。もう止まらない。それでも私は生まれてしまったようで、長いあいだ生きて、ジャクソンに出会い、町や、森や、砂漠をさまよい、島や半島に面した海岸で長いこと泣いていた。夜は人間たちの黄色い、つかのまの小さな灯が光り出し、夜じゅう白い炎あるいは鮮やかな色の大きな炎が洞窟のなかまで照らした。私はそこの岩陰の砂の上に隠れ、海藻や湿った岩の匂いを嗅ぎ、波風の音を聞いて幸せだった。風が波の泡で私をたたき、砂浜の上でうなり、砂利に爪痕を残さんばかりだった。いや私は幸せではなかった。そんなことはありえない。しかし夜が決して終わらないように願い、朝がやってきて、人々にこう言わせたりしないように願った。ほら人生は過ぎてゆく、楽しんでおかなきゃ！　そもそも私が生まれたかどうか、生きたかどうか、死んでしまったか死につつあるか、どうでもいいことで、いつもしてきたようにするだろうし、自分が何をしているか、自分は何ものか、どこから来たか、自分は存在するのか、ずっとわからないままだろう。両腕で抱えるために私は、自分でなんて言おうと、自分にそっくりの小さな生き物を作ってやるだろう。出来損ないなのを、あるいは似すぎなのを見て、私はそれを食べてしまうだろう。それからしばらく一人で、不幸で、どんな祈りをすればいいか、誰のために祈るのかもわからないままだろう。

　彼を見つけだすのにずいぶん時間がかかったが、とにかく見つけた。どうやって彼を見分けたか？　わからない。何のせいで彼はあれほど変わったのか。たぶん人生において、愛し、食べ、裁き手から逃れようとしてもがいてきたせいか。どうやら何か知りたいと思った私は、彼のなかに滑り込む。しかしその土地には、見たところ、残骸も痕跡もない。それでも最後には何か名残が見つかるだろう。彼を見つけたのは町の真ん中で、ベンチに座っていたのだ。いまじゃ、ほとんど老人だ。どうやって見分けたのか？　たぶん目の表情で。いや、どうやって見分けたのかわからないが、撤回しようとは思わない。彼ではなかったのかもしれない。どうでもいい。いま彼は私の手のうちにある。それはまだ生ける存在で、言う必要もないが男性で、終わりつつあるる生を生きていたが、まるで快方に向かっているようだった。私の記憶が、私のものであるならば、また太陽のあとを追い、あるいは地面の下の地下鉄の通路を小走りしながら、人はそんな生を味わうものならば。まわりじゅうがうんざりした連中の群れで、切符を買い、荷物を手いっぱいに抱え、いるべきではない場所に、いるべきではない時間に永遠にたむろしていた。これ以上私に何が必要だろう。そう、その頃は、暖をとろうとし、何とか食べられる少々のものを探して、毎日が短く大忙しだった。するると、最後までこんなことばかりだろうと想像するようになる。しかし突然すべてが荒れだし、うなり始め、人はざわざわ揺れる高い羊歯のあいだに迷い込んだり、嵐に打たれるステップに投げ込まれたりして、気づかないうちに死んでしまったか、またはどこかで生まれ変わったかと思ったりする。そんなときはあの短い年月が信じがたい。パン屋は日暮れには気前がよかったし、いつも好物だったリンゴは、うまくやりさえすればただ同然で手に入った。お日様も、日陰も、ほんとうに必要なら、そこにあった。しかし私の話にもどろう。例の男は、ベンチの上で、河に背を向けてすっかりくつろいでいる。服装については、わかってる、わかってる、どうでもいいことだが、あとで語ることにしよう。私の勘では、他の服なんか決してもっていないだろ

マロウン死す

サミュエル・ベケット
宇野邦一訳

MALONE MEURT
Samuel Beckett

栞

声は色褪せ　高橋悠治

風のない夜は、私にとってまた別の嵐　金氏徹平

河出書房新社

声は色褪せ

高橋悠治

『ワット Watt』（一九五三）から　詩二篇をベケットが読む一九六五年の録音　最初の詩

who may tell the tale / of the old man? / weigh absence in a scale? / mete want with a span? / the sum assess / of the world's woes? / nothingness / in words enclose?

詩は声　声はまずリズム　短い一行に二つのアクセント

whó may tell the tále / of the óld mán? / weigh ábsence in a scále? / mete wánt with a spán? / the súm asséss / of the wórld's wóes? / nóthingnéss / in words enclose?

行末のアクセントは　脚韻　もう一つのアクセントは　行の頭か　それに近く　行から行へ　二本の脚で歩くリズム　答のない問いは　終わりのない運動　行く先のない道行

歩くのは脚だけでなく　全身がうごき　そのリズムが声になって

あらわれ　からだの内側からことばを誘いだす　声はおなじ音をくりかえし　その響きをたしかめながら　すこしずつすすむ
tell tale | may mete | absence scale span sum assess nothingness | weigh want with world woes words | nothingness

はりめぐらされた音の網から　意味をなす前の　ことばの響きの空間が立ち上がってくる　響きは　光がさしこみ　あるいは翳る　窓のある　閉じた小部屋　からっぽで何もないこの空間は　音で脹らみ　外側の空間を揺りうごかす

第二の詩の朗読　Watt will not / abate one jot . . .　アクセント　音の歩く線　ことばの響きが投げ出される空間がくるくる回りながら　すすんでいくと　いつか　来たところにもどって循環がはじまるかと思うと　そこで途切れる　螺旋運動とまで言えないうちに

文字から意味　意味から観念　思想を読みとるのではなく　文字を追わず　ただ聞いていると　壁の向こうのざわめき　たくさんの声のなかから　あらわれ　聞きとれるひとつの声　強弱高低　息づかい　からだのない声　その振動に共鳴するからだそこにひらく奥行き　色のない線のうねり　たゆたいながら全身に染み渡り　説明できない理解が　受けわたされ　声が途絶えたあとの余韻から　途切れた糸の端を引きだし撚り合わせて　さらなる声がささやきかける　歩みはいつも行ったり来たり　ことばはいつも途中　言いさし　息を補い　次の声につなぐときは　糸はゆるみ　向きが変わる

ビリー・ホワイトローが語る『わたしじゃない（Not I）』（一九七三）　細い光の筋が　宙に浮いた「口」を照らす　その斜め前に　黒い人影が立っているようだ　唇がふいごとなって上下の歯が見え隠れ　舌がもだえるのが見える　奥の黒い穴が脈打ち　息が漏れ　ささやき　やがて声になる　一言ずつ吐きだす音のいきおいと　わずかな隙間に　まきかえす息に鞭打たれ　声が波打ち　うねる線が点滅して　その波が近づき　遠のき　つぎつぎに波が寄せてくる
. . what? . . who? . . no! . . she! . .　黒い影が　腕を上げて下げる　ここにいる　聞こえている　どうすることができよう一息ついた「口」が声を継ぐ　その波を受け止める影の　腕のうごく徴は　たびごとに　ちいさくかすかになっていく　「口」は　できるだけ速く　感情なく　表現なく　「わたし」がなくいつとも　どことも知れず　だれとも知れない　「声」だけになって　聞いている影に滴り落ちる　落ちていく　cascando弱まっていく

ベケットが読んだジッド　プルースト　ジョイス　ダンテ　ライプニッツ　ベケットが書いた詩　小説　物語は街を離れ　国を離れ　時を脱ぎ　ペルソナを剝ぎ　名前を切りつめ　サポスカットはサポに　マックマン　レミュエル　語るマロウンは死に　サミュエル　サム　名前はもうなく　名づけられない　名指せないことばの流れ　意識から意識の手前へ　スタイルを脱ぎ　色のないフランス語へ　書かない時間へ　待つ時間　草をつかんで耐える時間　息　ささやき　またあらわれることばフランス語からまた英語へ　英語からまたフランス語へ　そして　また　ことばをさがすことば　comment dire . . . what is the word . . .

たかはし・ゆうじ＝作曲家・ピアニスト

風のない夜は、私にとってまた別の嵐

——金氏徹平

僕がサミュエル・ベケットという名前を知ったのは、二〇〇一年、ロンドンのRoyal College of Artへの半年間の留学中であったと記憶している。そこで出会ったRCAのファッション専攻の正規の学生であった水野大二郎くんから「現代美術をやっているならベケットは読んどかないと。」と教えられたのが最初だったと思う。たしか、代表作の「ゴドーを待ちながら」が何も起こらないけど、ただ来るかどうかもわからない人を待っているだけの話だと聞いて、当時の日本で作品を作っている時の気分として、何も起こらないことの中に含まれている強烈なリアリティのようなものにとても興味があったので、それはずいぶん面白そうだなと思った記憶がある。しかし、留学中に起こった9・11のテロの影響もあったのかもしれないけれど、サラエヴォでスーザン・ソンタグが上演した「ゴドー」の話も聞いて、それは戦争の体験や宗教的な問題とも密接に関係しているのだと知った。

それから長い間、実際にベケットの戯曲を読むことも演劇を観ることもなかった。なんせ演劇というものに全く興味を持てずにいた。ただ、ベケットという作家は、演劇の世界でのマルセル・デュシャンのような存在の作家で、その後の様々な美術の文脈のアーティストたちにも影響を与えていたり、参照されたりしている人なのだとだけ認識していた。

それから一〇年ほど経って、僕はなぜか演劇に関わるようになっていた。二〇一〇年のあいちトリエンナーレでチェルフィッチュを主宰している岡田利規さんとの共作で何か作れないかとの企画をもらった。しかしそれはうまくアイデアがまとまらず、実現しなかったのだが、翌年、3・11の地震とそれに関する大事故が起こった年に、岡田利規名義でダンサーの森山開次さんとのコラボレーションによって制作された新作の、舞台美術として僕が呼ばれた。普段からコラージュの技法や概念についてあれこれ考えながら彫刻作品を作っていたのだが、もしかしたら演劇には多分にコラージュ的要素が含まれていて、しかも自分自身や、自分が作るもの、彫刻という概念などが、切り刻まれ新しい何かに接続されるのではないかという期待があったのだ。その作品「家電のように解り合えない」についてはここでは割愛する。

さらにその二年後、二〇一三年のあいちトリエンナーレでシアターカンパニーのARICAが上演する作品の舞台美術の依頼があった。作品はベケットの「しあわせな日々」であった。ああ、あのベケットだなと思った。当然ベケットは知っていますという顔をして依頼内容やアイデアの話を聞いていたが、YouTubeで上演作品を見たり、戯曲をいくつか読んだのはその依頼を受けてからだった。

簡単に言うと、「しあわせな日々」は何も無い荒野の丘に下半身(後半では首から下)が埋まった女が妄想とも記憶とも希望とも絶望ともつかない独り言をものすごい勢いでしゃべり続けているという話で、やはり結局は何も起こらないと言える。手の届く範囲にはいくつかの持ち物があり、それらを駆使したり、執着したりしている。丘の下には夫が座っているようだが、姿はよく見えない。「マロウン死す」とも似たところのある内容だ。違っているのはやはり、戯曲か小説かという点で、「しあわせな日々」はあくまでしゃべっている「人」の物語であるが、「マロウン死す」は人すら形を留めず、あらゆるものがグニャグニャと形を変え続ける物語なので、どう考えても小説でしかできないものである。

この荒野の何も無い丘を作ることが依頼であった。何も無いを作る、ずいぶん面白そうな話だなと思った。しかも聞いたところによると、ベケット作品はレギュレーションのようなものが強烈で、いまだにベケット財団のようなものが、世界中の上演作品で、正確にベケットの脚本が再現されているか管理しているのだという。しかし、ARICAの演出家の藤田康城さん、俳優の安藤朋子さんらと共に考えたアイデアは、大量の具体的な物の集積によって何も無い丘を表現するというものであった。大量の「在る」は何も「無い」に近づくのではないかというのはとてもベケット的な発想でもあるし、僕が普段制作している彫刻作品における考え方にも近かった。

結局どのようにベケット財団に説明したのかは詳しくは知らないけれど、作品は無事に愛知、横浜と上演され、インドでも現地で集めた大量の物で作って上演された。気をつけたのは、ただの廃墟やカオスにしてしまうのではなく、物そのものとして配置すること、物と物に関係性を構築すること、色はモノトーンで統一したのだけれど、その中でなるべく様々な、用途、価値、大きさ、質感の素材を混ぜたことである。不思議と日本バージョンとインド・バージョンは中身の物は全く違うのに、全体を見ると同じに見えたことである。やはり大量の情報によって何も無いを作ることはできていたのではないかと感じた。

もう少し「マロウン死す」の話をすると、これも大量の圧倒的な語彙と表現力によって紡がれた、具体的で生々しいイメージや情報によって構築された小説なのだけれども、やはり、それによって何も無いを作り上げているように思う。何も無い＝死なのかもしれない。そしてそれらを記述しよう、知覚しようとする話である。長い棒を使って身の回りから世界を認識し、鮮やかな言葉で汚いものから美しいものまで表すことは、マティスの絵画も思い出させたし、物語の中で人が入れ替わっていく様はデヴィッド・リンチの「ロスト・ハイウェイ」を思い出させた。とにかく言葉からイメージされるのはグニャグニャな無であるが、それらの部分は吐き気がするほど詳細かつ具体的で匂い、音、触り心地、味、色、明るさ暗さ、近さ遠さ、広さ狭さ、性的感覚、あらゆるものをとてつもなくリアルに生々しく感じさせる。

身体の不自由を言葉とイメージの自由で脱出していくようでもあり、最後には言葉という強烈な縛りに締め付けられていくようにも思えた。どんな物でも、形や意味が生まれる過程と、形や意味が消え去る過程の中間の一点は見分けるのが難しいほど似ているはずで、結局のところ死ぬことと生きることは見分けるのが難しいほど似ているのかもしれないし、何も起こらない日常と毎日が戦争の日常もとても似ているのかもしれない。

かねうじ・てっぺい＝美術家

う。すっかり傷んでいるところを見ると、もうずいぶん前に手に入れたものだが、どうでもいい、それが最後に着た服だ。しかし中でも注目に値するのは、マントだ。それは彼をすっぽり覆い、見えなくしているからだ。なぜなら上から下まで、少なくとも十五くらいのボタンがしっかりとめてあり、ボタンのあいだはせいぜい三、四インチ[13]あるだけで、内側に着ているものは何も見えないようにしている。そして胴体の下部には二か所折れ目があるにもかかわらず、地面にそろえた二つの足さえも部分的に蔽っている。折れ目とは、大腿骨が骨盤と直角につながるところ、そして膝から脛が垂直に伸びているところである。なにしろその姿勢には少しもぬかりがなく、何も縛るものなどなかったが、まるで何かで縛られたかのようにその姿勢は不動で硬直し、明瞭な平面と角度から形成されていた。まるでエーオースの最愛の息子メムノーン[14]の巨像の姿勢のようなのだ。要するに言いたいのは、彼が歩くとき、あるいは単に立っているときは、マントの裾が文字通り地面を掃き、歩くときは引きずる音をたてるということだ。実際に、このマントの裾にはカーテンのように房飾りがついていて、袖の横糸もむきだしで不揃いな長い糸になってほつれ、それが風にそよぐのだ。当然ながら両手も隠れている。なにしろこの襤褸隠しの袖は、他の部分と相応に丈が長かった。しかし襟はきれいでヴィロードか羊毛でできていた。色のことを言えば、色だって気にかかる点で、たとえそれを否定してかかったところで、とにかく言えることは緑が主調であるということだ。そしてこのマントは新品のときは、きれいな緑一色だったと断言しても、まちがいないはずだ。それは何というか辻馬車の緑色で、なにしろ昔は辻馬車や四輪馬車で、きれいな濃緑色のものがあったのだ。私自身の目で見たこともあったはずで、そんな馬車に乗って旅をしたことがあったとしても不思議ではない。しかしたぶんこの服をマントと呼ぶのはまちがっている。むしろそれを外套とか、鳶《とんび》とでも呼ぶほうがぴったりしているようだ。まさにそういう印象で、全身にかぶさっていてだぶつき、確かに頭だけは例外で、それに覆われることなく、横柄に冷然とそびえたっていた。そう、その顔には感情の刻印があり、たぶん行動の刻印もあったが、さしあたってもう苦しんでいる様子はない。しかしわかるものか。ボタンのことを言えば、それはほんとうのボタンではなく、むしろ木製の小さな円筒形で、二、三インチの長さがあり、真ん中に糸を通す穴が一つあいている。なにしろ誰が何と言おうと穴一つでまったく充分で、ボタン穴のほうがくたびれてずいぶん大きくなっているからだ。そして円筒形というのはたぶんかなり言いすぎで、小さな棒状のものや釘みたいなもののあいだに確かに円筒形のものがあるが、はっきりした形のないものもある。そしてすべてが約二・五インチほどの長さで、これでもって両側の布が離れないようになっているのが共通点だった。こんどは服の生地のことを言えば、要するにそれは、ほとんどフェルトであると言えよう。体の様々なねじれやぎくしゃくとした動きで、それには凹凸ができ、いまは消えかけているが、まだ跡が残っている。マントの話はここまでにしよう。もし思いついたら次には靴の話をするかもしれない。帽子は誇り高く盛り上がり、鋼のように固く狭い鍔がとりまき、後頭部には大きな裂け目があって、たぶんそれは頭蓋骨を楽におさめるためだ。なにしろマントと帽子には共通点があって、マントが大きすぎるとすれば帽子は小さすぎる。そんなふうに裂けた縁が、あんぐり口を開けた罠のように見えるが、念のためにこの帽子はマントの一番上のボタンに紐でつなぎとめてある。理由はどうでもいい。しかしこの帽子の仕組についてもう何も言うことがないとしても、一番大事なことがまだ残っている。要するにいまはその色について話そう。それについて言えることはせいぜい、日光の下ではかすかな淡黄色とパールグレーの反映が際立ち、そうでなければ黒みがかって見えることがあっても、決してほんとうに真黒にはならないということだ。この帽子が運動選手や、競馬ファンや雄羊の飼い主などのものだったとしても意外ではなかろう。いまこの二つをもはや別々にではなく、たがいに関連するものとして見るならば、やがて心地よく、このマントとこの帽子がおそろいなのに気づくのだ。そしてつぶやくのだ、結局この二つは、洋服屋と帽子屋で、同じ時期に、たぶん同じ日に、同じダンディが買ったものかもしれない。なにしろ六フィート以上背丈があって、まったく均斉がとれ、ただ頭だけが小さくて品のいい美男が実在するのだ。廃れつつある調和の表現を意味するあの不変の均斉の一例をもう一度目にするのは嬉しいことだ。そのせいでわれわれは、倦怠の日々には、いわば魂の不死性に身を委ねてしまいたくなる、と言おうとした。しかし関係がよくわからない。しかしいまは服装のことに、隠された内密な面に話題を移そうと思うが、なにしろいままで私たちは公的な吹きさらしの場所での服装しか見ていないのだから、この点について、さしあたって平気で何も言わないのは難しい。なぜならサポは、いやもう彼をこう呼ぶことはできないし、いままでどうしてこの名前に我慢できたのか私は自問している。それならなにしろ、そうなんだ、なにしろマックマンだって、ずっとましというわけではないが、ぐずぐずしている時間はない。なにしろ、あの、例の古風な外套の下は、ミミズのように裸でも、表面上はそう見えないだけかもしれないのだ。困ったことに彼はぜんぜん動かない。朝からそこにいて、もう日が暮れようとしている。一時間もすれば夜になるだろう。空になった樽を積んで、最後に戻ってきた黒や赤の煙突のある艀が港に曳航されてくる。すでに河の水が、遠くの日没のオレンジ色、薔薇色、緑色の炎を揺さぶり、波の音で消し、震える広い水面にまた炎を広げる。彼は河に背を向けているが、夜になってベルヴュ・ホテルの正面の下水口に集まり、飢えを高じさせたカモメのすさまじい叫びを聞いてたぶん河を感じている。そう、カモメたちも、夜の高い岩場に戻る前の最後のときに、ごみ漁りに熱中している。しかし彼が対面しているのは、この時刻、この一日の終わりに、長い夜を迎えようとしている人々なのだ。事務所や商店の扉、そして他の扉が、それぞれに人の群れを吐き出す。こうして解き放たれた群れは、とりあえず歩道や小川のわきにそそくさと束になり、呆然とした様子で、やがて散り散りになり、それぞれが自分に定められた道を行く。そして同じ方向に行くはずだとわかっている連中も、なにしろ結局、道がたくさんあるわけではないので、たいていはとりあえずあいさつしあって別れていく。慇懃に、急いでいるのでとたぶん言ったり、他で用事や何かがあると弁解したり、あることないことを言い、または何の説明もしない。なにしろ結局おのおの習慣があり、知りあいの習慣を知っているし、あてにならないこともわかっているのだ。いつになく誰でもいいから仲間と気ままにぶらぶらしたい連中は、今夜に限って、工場から、売り場から出て、幸いにも同じ欲求に我慢できないでいる相棒を捕まえる。捕まえられなかったらお生憎さまだ。そこで幸運なものたちは、一緒に少し歩き、たぶん心中でつぶやきながら袂を分かつ。そろそろこいつは、何だって許されると思いだすぞ。もしかしたらもう少し短い一言をつぶやきかけてやめることもある。そんな言葉で人は社会生活からひととき気を紛らわせるのだ。だから多くの連中にとって休息と娯楽への道が開けるこの時刻に、単なる官能的な関心に戻っていくカップルは、ひとり者たちに比べれば少数で、ひとり者たちは道路や交叉点を縦横に歩き、手すりに肘をついたり、あちこちで建物の壁に背をもたせたりして、歓楽街の入口あたりを渋滞させるのだ。しかしまもなく彼らは、自分を待っている連中のところに、自分の家か他人の家に帰っていく。あるいは、いわゆる巷に、公の場所か、お決まりのところに赴き、しばしば雨を予想して玄関や庇の下に佇む。そしてたいていは、最初にやってきた連中にすぐ後の連中が合流するのは、もちろんみんなが残りの時間は少ないことを知っているからだ。心と胃に抱えていることをすべて打ち明け、ひとりではできず、一緒にするしかないことを急いでするためだ。だからこれで彼らは何時間か安心してすごすことができる。それから眠くなり、小さな鉛筆つきの手帳を出し、あくびしながら別れる。待ち合わせの場所に早く行こうとして馬車に乗るものもいるし、楽しい時を終えて、温かいベッドが支度してある家やホテルに帰るものもいる。そのとき一頭の馬が見え、裕福な家の行楽用か競走馬、あるいは馬車馬や輓馬だった近い過去と屠場のあいだを歩んでいる。馬は大方の時間を立ち止まってすごす。うちひしがれた様子で、轅や馬具が許すかぎり頭を低く傾け、ほとんど舗石にくっつきそうになっている。しかし走り出したとき馬はすぐに、たぶん記憶を呼び覚まされ、少なくとも初めは変身する。なにしろいまの状態では、ただ走り牽引するだけなら馬もあまりやる気にはならないはずだ。しかし轅が上にあがり、ついに客が乗ったのを知らされると、あるいは乗客が進行方向に向かって座るか、たぶんもっとくつろぐ逆方向に座るかして、轅を背中に固定する革が背筋に食い込むと、そのとき馬は頭をもたげ、飛節を緊張させ、ほとんど満ち足りた表情を見せる。地上から約十フィートの高さに一人で座っている御者の姿も見える。季節はいつであれ、たいていは素朴な栗色の毛布で膝を蔽っているが、それは自分の馬の臀部からとりはらったばかりのものなのだ。御者はふつう、たぶん乗客を待ちくたびれたせいで、いきり立って顔を紫色にし、報酬を得て走れるだけのことで、狂乱状態になるまで興奮している。いらついた大きな手で手綱をひっぱるか、あるいは中腰になって前傾し、馬の背中全体を怒りをこめて手綱でぴしぴしたたくのだ。そして彼はめくらめっぽうに、ごった返した暗い道のど真ん中に、口を罵声でいっぱいにして乗り込んでいくのだ。しかし乗客は行きたいところを知らせ、これから起きることの成行きも、彼を閉じこめる暗い箱も思うままにはならないことを知っていて、たぶんあらゆる責任を免れているという心地よい気分に身を任せ、あるいはこれから行くところ、あるいはいま離れていくところを思い、いつも同じとは限らないとつぶやき、あるいはすぐに、しかしいつだって同じだったとつぶやく。なにしろ何百種類も乗客がいるわけではないのだ。こうして彼ら、馬、御者、乗客は、最短の道を通って、あるいは迂回路を通って、邪魔になる群衆のあいだをかいくぐり目的地に向かう。そしてみんなそれぞれに分別があって、他ではなくそこに向かい、どこにも行かないよりはそこに行こうとするのは、何の役に立つのか、はたして正しいことかときどき自問することがある。

馬だってたいていは着いてみてはじめて行く先がわかるし、それでもわからないこともあるのだが、それほど無知なわけではない。もし黄昏どきならば、もうひとつ気をとめておくべきなのは、いっせいに明かりが灯る数々の窓やガラスで、それは季節にもよるが、沈む太陽のようなものだ。しかしマックマンにもどれば、やれやれ、あいかわらずそこにいる。確かに春の宵で、春分の頃の風が土手にそって吹き荒れている。河の両岸には赤い色の高いビルがならんでいるが、その大部分は倉庫だ。あるいはたぶん秋の宵で、どこから飛んで来るのかわからない葉っぱが舞っている。なにしろここには木もなくて、葉っぱは年の初めに茂ったものではなく、かろうじて緑色で、長い夏の喜びを味わってから古びてしまい、いまは腐植土になるのを待つだけだ。反対にいまはもう人間も動物も影を必要としないし、鳥たちは卵を産んだり孵したりする巣も必要としない。ここでは心臓の鼓動など聞こえず、木々も黒ずんでいくだけだ。たとえまだ緑色を保っているらしい木があったとしても、それが何の役に立つだろう。そしてマックマンにとっては、たぶんいまが春であろうと秋であろうと、おそらく同じことだ。彼が冬よりも春を、あるいは反対に春よりも冬を好むとすれば別だが、そんなえり好みをするはずがない。しかし彼がもう決して動かず、場所も姿勢も決して変えないと信じるとすれば、それはまちがいだろう。なにしろ彼はまだ、これから老年期を前にしており、そのあとは、いわば終章を迎えようとしている。それの何が問題なのかよくわからないし、すでに獲得したものに何か大きなことを付け加えるとは思えないし、彼の混乱が少し片付くとも思えない。しかしおそらくその終章にはそれなりの効用がある。納屋に収める前に秣を乾かしておくようなものだ。したがって、望むにしても望まないにしても、彼は立ち上がり、他のところを通って、他のところに移り、そこからまた別のところを通って、また別のところに移るだろう。それでまたここに戻って来ることにならないかぎりは。ここがそれほど気に食わないわけじゃない。しかしまったく安心というわけではない。こんなしだいで何年も過ぎてしまった。なぜなら死なないためには、行ったり来たりしなければならない。私のように、こういう所にいて誰かが養ってくれるならいい。二、三日、さらには四日でも動かずにいられる。しかし目の前に老いというものがあり、次には緩やかな蒸発、藁屑しかないとすれば、四日間なんて何だろう。確かにそのことを、みんなまだわきまえているわけではない。誰も同じことで、実は風前の灯なんだ。そばにウサギが、人間のすぐ近くに寝ているわけではない。なにしろ、あれこれのことを知らないからと言って、または何でも知っていても、何も知らなくても、それが何の役に立つわけじゃないし、マックマンは何も知らず、彼はただある種のことに無知であること、なかでも彼をぞっとさせるようなことに対して無知であること、それしか気にかけない。いかにも人間的なのだが、すぐ忘れてしまうだろう。それは計算違いといってもいいくらいだ。

なにしろ五日目には起き上がらなくてはならず、実際に起き上がるのだが、前の日に起きたほうが楽だったし、前々日だったらもっと楽だったのに、なぜわざわざ苦労を増やすのか。もしほんとうは苦労を増やしているとすれば、まったく計算違いというものだが、確かではない。なにしろ五日目に起き上がらなくてはならないときには、もう四日目のことも三日目のことも考えずに、ほとんど頭がおかしくなり、もはや自分を襲う苦痛のことしか考えないからだ。そこまでたどりつけなくて、つまり立ち上がることができなくて、最寄りの野菜畑まで這って歩くしかない。草の束やざらざらした地面をとっかかりにしながら、前に這って進み、あるいは茨の茂みまでたどりつく。ときにはそこに、酸っぱくても食べられるうまいものがある。ここは紛れ込んで隠れることができるという点で野菜畑よりも優れていて、これがたとえばじゃがいも畑なら、特に刈り入れ時には逃げ隠れできないのだ。それにしばしば獰猛な、おびえた動物の邪魔をすることになる。でも動物たちは、羽が生えていようと、毛だらけであろうと、めったに乱暴なことをするわけではないし、それはちょっとした楽しみなのだ。なにしろたった一日で、三週間でも一か月でも生きながらえるための獲物を手に入れる手段があるわけではない。そもそも身動きのならない老衰状態に比べれば一か月など何だろう。旱魃や、極貧についていまは触れないとしても。とにかくそんな手段を彼はもっていないし、もっていたとしても、わが身の明日を遠くに感じているので、それをどう役立てるかもわからない。そして彼はあまりにも長いあいだ空しく待ってばかりいたので、おそらくもうそんなことを信じていない。だからたぶん彼はこんなところに行き着いた。この閾《いき》に達すると、生きることは境界のない瞬間のどん底で、ただひとり生きてさまようことである。そこで光はもはや変化せず、物の残骸はどれも似たりよったりなのだ。卵の白身よりもかろうじて青い目は前方の空間を凝視するが、このときその空間はもろもろの深淵からなる永遠に静寂な充実である。しかしときたま、ひきしまる肉の穏やかな唐突さとともに、しばしば怒ることもなく、目は閉じられる。そのとき赤い、皺だらけの老いた瞼が見え、それはなかなかぴったり合わないようだ。それもそのはず、それぞれの涙腺に二つずつ、つまり四つの瞼があるからだ。そしてたぶんそのとき、彼は昔から夢見てきた空、船旅と陸地、波の震えを見るが、波は他の波が同じように揺れないと揺れないし、彼はまたたとえば人間たちのまったくちがう動きを見るのであって、人間たちはたがいに拘束されておらず、自由に思いのまま往来している。そしてはばかりなく彼らは往来し、それぞれに大きな関節のがたつく甲高い騒音を響かせる。そして誰かが死んでも、何事もなかったかのように他人たちがまた続ける。

私は感じる

それがやってくるのを感じる。ご機嫌いかが、ありがとう、それがやってくる。それを記す前に私は確信をもちたかった。最後まで疑い深いのがこのマロウンで、細々したことにまでやかましい。つまり、もうすぐだと確実に感じること。なにしろ遅かれ早かれ、それがやってくることを疑ったことはないし、たぶん例外は、いよいよそれがやってきたと思えたときだ。なにしろ自分自身に作り話をしていても、自分が人生を空気を大地を生きていることを信じなかったことはないのだから。反対の証拠が山ほどあるときでも。もうすぐ、つまりいまから二、三日後だ。曜日の名前を教わったときのように話すならば。私は曜日の数があまり少ないのに驚いたものだ。そして小さな拳を振り回して、もっと！　もっと！と叫んだ。それから時計の文字盤の意味、そして結局のところ、それ以上だろうと以下だろうと、二、三日なんてなんだ。冗談だろう。しかし何食わぬ顔をしていた、なにしろ無事に暮らすには、負け犬を演じたほうがいい。聖ヨハネの日まで持ちこたえなくてはならないかのように、続けるだけだ。なにしろ人が五月と呼ぶものにたどりついたと私は信じているのだ。なぜかわからない。つまりなぜ自分がたどりついたと信じているのか。五月はマイアから来ている、糞、こんなことも覚えてしまった、生長と豊饒の女神だ。そうなんだ、私は自分が生長と豊饒の季節にたどり着いたと信じている。これは単なる迷信だ。少なくとも生長のほうは。なぜなら豊饒のほうは後になって、収穫とともにやってくることだ。だから落ち着いて、落ち着くんだ、これはやっぱり罠で、まだいまのところは万聖節[15]で、菊が花盛りだ。いやこれは誇張で、今年は彼らが亡骸を前に泣いているのなんか聞きたくない。それにしてもこんなに自分が拡張していると感じるのは、悪い気持じゃない。すべてがごく近くにあっても遠方に向かって伸びている。すでに普通のときでも、特に私の両足を他の部分よりも自分から遠くに感じる。つまり両足が私の頭から遠くにあって、私は頭のなかに避難している。まちがいない。私の両足は、まるで何里もむこうにあるようで、自分のところに持ってきて、手入れをしたり洗ったりするには、そのありかがわかった日から数えて一か月あっても足りないように思える。おかしなことで、もう両足を感じない。感覚は両足から、慈悲深くも遠く離れてしまった。ところが高性能の望遠鏡でも見えないところに私はそれを感じるのだ。これは、人が言うところの、墓穴に片足を突っ込んだ状態なのか。足以外も同じことだ。なぜなら、局所的現象にすぎないならば、私は気づかなかったはずだ。私の全生涯が、何にもならない局所的現象の連続、あるいはむしろ継起にすぎなかったからである。しかし私の指もまた別の世界で文字を書きつけることができるし、私のノートを吹きぬけ、私が知らないうちにページをめくる大気は、私がまどろみ、主語が動詞から遠ざかり、補語がどこかの真空におかれるとき、あの大気はこの前いた場所の大気ではない。これでいいのだ。そして私の手の上にはたぶん葉や花の影の、忘れられた太陽の明るい染みの波型模様が映しだされている。いまは私の性器、この円筒形のものは、そして特にその末端はといえば、私が童貞のときは大量の精液が次から次へと迸り出て私の顔に吹きつけ、その間合いがほとんどないので、それは一続きの放出みたいなもので、しばらく続き、ときどきそれでも小便する隙もなくてはならず、そうでなければ尿毒症で死んでしまうところだったが、それをもう肉眼で見ようとは思わないし、そんなことにこだわるわけもなく、私は充分見てきたわけで、おたがいにまじまじと見つめあってきた。しかしこれはあなたのために語っているのだ。いやまだ全部語ってはいない。それぞれの方向に遠く離れてしまったのは、末端だけではない。それどころではない。なにしろたとえば尻のことを言えば、それを唇の片端と見なすなら別だが、それが何かの末端であることを責めることはできないのであって、驚いたことにいま糞を垂れ始めるなら、私はそのかけらがオーストラリアに出て行くのを見ているなどと、ほんとうに信じはじめる。そして私が立ち上がらなければならないとすれば、神はそれを私に禁じているが、どうやら私は宇宙のかなりの部分を糞だらけにすることになる。おお、横になっているときよりも多く放出するわけではないが、もっと目立つことだろう。なにしろ私はいつも気づいてきた。人に気づかれないようにする最良の方法は、平らになって、動かないことなのだ。ところがこのざまだ、私はいつも自分が縮んでいき、最後にはほとんど宝石箱にでも埋葬されるくらいだと思っていたが、実は膨張しているのだ。または、ジャクソンのように喋るなら、本質的なものはすっかりちっぽけになって、偶然的なものは際限なく大きくなった。本質的なものとは、このちっぽけな石頭のことで、これが私のほんとうの頭のどこかに埋もれていると思うのだが、私の傾けた頭の残骸のなかでまだ傾いてはおらず、それは実にちっぽけで、とにかく本質と偶然がこのなかで何をしに居候《いそうろう》しているのかわからない。私にはわからない、そしてたぶん偶然は、蛾の目玉のサイズに縮小され、本質は影のなかに散逸し巨大化している。たぶんこのことを言わなければならなかった。大したことじゃない。本質的なことは、いま目の前にあって、私の話にもかかわらず、私はこの部屋でもちこたえているということ、これでも部屋と呼ぼう、これにはこだわる、そして私は落ち着いて、必要な時間だけ、ここでもちこたえているだろう。そしてもし私がくたばるなら、道路でも、病院でもなく、ここ、私の所持品の真ん中で、この窓の横でくたばるのだ。ときに私は、この窓はだまし絵にすぎないとつぶやく。ティエポロの描いたヴュルツブルクの天井画[16]みたいなものだ。私は何という旅人であったことか。トレマさえも覚えている。しかしそれはほんとうにトレマだったのか。もしこのことだけでも確信できたら。いま私は再び私の死の床について語っている。それにしても私はドア越しに、膝の高さに、この老いた頭が出て行くのを何度見たことだろう。なにしろ私は重たく骨太で、ドアの丈は低く、私の見るところではだんだん低くなっている。この頭はそのたびにドアの枠に突き当たる。私が長身で踊り場は狭く、私の足をもってくれる男は、階段を下りようとして、私がそこ、つまり踊り場に私が入りきるのを待ちきれず、その前に壁にぶつからないように先回りしなければならない。壁とは踊り場の壁のことだ。だから私の頭がドアの枠にぶつかるのは必然だ。それに私の頭がそこにある以上それは仕方のないことだが、それを運ぶものは叫ぶのだ。おいボブ、ゆっくりやれ。たぶんうやうやしくする。彼は私のことを知らないし、会ったこともないからだ。あるいは指を挟むのを怖がっている。パン！　ゆっくり！　行け！　ドア！　やっと部屋が空き、念のため消毒したあとで、大人数の家族や、若いカップルが入ることになる。そう、もう片付いたから、あとは空き部屋を使うだけだ。こう私は自分につぶやく。しかし私は独り言ばかり言っている。このお喋りに何かほんとのことが含まれているだろうか。わからない。ほんとうでないことは何も言えないと思うだけだ。実際に私の身に起きたことだけを言うという意味だ。同じことではないが、どうでもいい。そう、これは自分のなかで好きなこと、いやつまり私が好きなことのひとつ、たとえば共和国よ、立ち上がれ、なんて言ったりできる才能だ。あるいは愛しい子！とか。黙っていたほうが、あるいは他のことを言ったほうがいいのではないかと自問する必要もない。そう、前も後も考える必要はないし、ただ口を開いて自分の昔話を、そして自分を唖にした長い沈黙を説明すればいい。そうすればすべてが大いなる沈黙のうちで生起することになる。仮に私が黙るなら、それはもう何も言うことがないからだ。まだ全部喋ってはいないし、何も言ってはいないとしても。しかしこの不毛な問題は放っておいて私の死の問題にもどろう。記憶が確かなら、二、三日後に私は死ぬのだ。その場合、マーフィー、メルシエ、モロイ、モランやマロウンたちも終わりなのだ。死後の世界でも続けるというなら別だが。正午から二十三時まで、なんかではなく、とにかく死んでみることだ、そのあとでわかってくるだろう。私は何人殺したことだろう、頭を殴ったり、火を付けたりして。こんなふうに不意を襲われたのは四人しかいなくて、知らない人間ばかりだ、誰とも知りあったことはない。昔はそんなこともあったが、何でもいいから想像もできなかったようなことに、何か一度でも出くわしてみたいのだ。あの老人もいて、ロンドンだったと思うが、またロンドンだが、私はそいつの剃刀で喉をかき切ってやった。これで五人。こいつには名前があったと思う。そう、いまは少し思いがけないことが必要だろう。できるだけ意外な色が。気分がいいだろう。なにしろ私が旅をするのは、たぶんもう一度だけだ。私の知っている長い回廊を、私がつかまえる小さな太陽や月とともに、人間や季節を表現するための砂利でポケットをいっぱいにして、もう一度だけだ。私が望むのはこれくらいのことだ。それからここに、私に戻ってくる。茫漠としているが、もう私自身から離れないし、もう自分の持っていないものを求めたりはしない。たぶん私たちはみんな戻ってくる、一緒に、もう離れないように、もうたがいに監視したりしないように、この汚い小部屋に。象牙のなかに彫り込まれたように白っぽい丸天井の部屋に。それにしても何という象牙だ、むしろ木の切り株みたいなものだ。いや私はひとりで戻ってくるだろう。出かけたときと同じようにひとりで、もうあてにしない。ここから聞こえるのは、廊下で私を呼んでいる彼ら、瓦礫のなかを躓きながら、連れてってくれと哀願する彼らの声だ。これは決めたことだ。ちょっとだけ時間がある。計算がまちがっていないなら。それにまちがっていたら、そのほうがいい。それ以上は望まない。そもそも何も計算しちゃいないし、何も要求することもない。最後にひと回りしてくることだけだ。そして戻ってきて、ここでやっておくべきことを片付ける。なにしろまだここでやっておくことがある。もう何も例が浮かんでこないが、ああそうだ、持ち物を整理すること、それから他には、もうわからない、だが時が来れば思い出すだろう。ただ出発前に、壁に穴を見つけておきたい。穴の向こうで素晴らしいことがおきる。ひっきりなしに、たいていは天然色で。最後に一瞥し、きっと私は満ち足りて出発することだろう。まるでシテール島[17]に船出するようなもの、と言おうとしたが、そろそろ口を閉じるときだ。結局この窓は、ある程度まで、私が望んだものにちがいない。あんたのせいじゃない。まず私が気づいたのは、その窓がずいぶん丸くなって、ほとんど丸窓に、のぞき窓に似てきたことだ。向こう側に何か見えるとしても、それはどうでもいい。まず闇が見える。驚いて私はなぜと自問する。なぜなら私はもう一度だけ驚いてみたいからだ。なにしろ私の居場所に夜は来ない、そうなんだ、ここに夜は決して来ない。言いたい放題だったにせよ。しかしいまよりも暗くなったことはよくあった。ところがここの外側は真っ暗闇で、ほとんど星もないが、それで充分で、この暗い空は確かに人間の空であり、単にガラス窓に描かれたものではないことを意味している。なにしろそれはほんとうの星らしく震えていて、これが描いたものならそんなことはありえないはずだ。そして、それがほんとうの戸外であることを確信させるには、まるで不充分であるかのように、正面の窓にちょうど明かりがつく、あるいは明かりが灯っているのに私は気づく。なにしろ私は一目見ただけで、すべてを視野におさめることができる人種に属していない。じっくり眺めて、事物を私から隔てている道を事物が通ってやってくるまで待たなければならない。これは私を愚弄するためにわざと仕組まれたことでなければ、実は幸福な、縁起のいい偶然なのだ。なにしろ私にとって、まだすっかり世界に対して閉じられていないこの場所から出発するのを助けてもらうために、何も起こらない夜空よりもましなものはなかった。確かにこの空は騒乱と暴力に満ちているのだが。あるいは別世界の緩やかな下降や上昇を、そんなものがあるとして追いかけるためには、あるいは流れ星を待つためには、これから一晩すごさなければならないが、私には一晩全部が与えられているわけではない。それに彼らが夜明け前に起きたか、まだ横になっていなかったか、あるいはたぶん終わりしだいまた横になり眠るつもりで真夜中に起きたのか、そんなことはどうでもいい。カーテンの向こうで彼らがくっつきあって立っているのを見るだけでいい。カーテンは暗く、だから言うならば光が暗く、彼らの影はおぼろげだ。なにしろ彼らはぴったり寄り添っているので、まるで一体のようで、つまりひとつの影になっている。しかし彼らがふらついたりすると、二人なのがよくわかる。必死に抱きあっているのに、それははっきり分離した二つの体であることがわかり、それぞれが境界のなかに閉じこもっていて、行ったり来たりして生命を維持するために相手が必要なわけではない。なにしろ彼らは充分自足し、自立している。そんなにこすりあっているのはたぶん寒いからで、摩擦は熱を保ち、冷めてもすぐ温めてくれるわけだ。ふらつき揺れる数人からなるこの複雑な、でっかいもの、これらの全体は美しく珍しい。なにしろ彼らはたぶん三人で、むしろ色彩に乏しいのだ。しかし夜は暖かいにちがいない、なにしろ目の前でカーテンがめくれ、魅惑的な色の束の全体が炸裂する。青みがかった薔薇色、肌の白さ、それに服の色にちがいないもっと鮮やかな薔薇色、それにいまは説明している暇がないが金色も混じっている。つまり彼らは寒くはないのだ、外気に晒されながらこんなに薄着でいるんだから。ああ、なんて私は馬鹿なんだ、わかった、彼らは愛しあっている、人はこんなふうに愛しあうものだ。いいぞ、私もいい気持になった。まだ空があそこにあるか、見てみよう。それからずらかろう。彼らはいまみんなカーテンにくっついて、もう動かない。もう終わったなんてほんとうか。彼らは立ったまま、犬のように交わった。そろそろ離れられるだろう。いや彼らはたぶん一休みしているだけで、これからが本番だ。前に後ろに、きっといいぞ。彼らは苦しんでいるみたいだ。たくさん、もうたくさん、あばよ。

突然の雨をしのぐ場所もなく、マックマンは立ち止まり横になってつぶやいた。こんなふうに地面に張り付いていればそこだけは乾いたままだ、立ったままでいたらどこも全部濡れてしまうだろう。まるで雨とは、電気のように時間あたりの水滴で測れるように。だから彼は少しためらった後で地面にひれ伏した。なにしろ仰向けになることもできたし、あいだをとって横腹を下にすることもできたからだ。しかしうなじや背中から腰までは、胸と腹ほど脆弱ではないように思えて、まるで自分がトマトを入れる籠かなんかであるみたいで、もちろん死にいたるまで、あるいは彼の予想もしない他のもろもろのことが続くまで、これらの部位はみんな密接に、不可分なものとしてつながっていることなど考えてもみなかった。それにたとえば不運にも、尾骶骨に水が滴っただけで、何年も続く笑筋の痙攣を引き起こすことがあるのだ。湿地を歩いて渡り、単に咳やくしゃみが出ただけで、足は気持がよかったくらいなのに、たぶん泥炭のしみた水がそんな害をもたらすこともある。その雨は重く冷たくまっすぐ降ってきて、マックマンはすぐ止むだろうと思った。まるで雨の強さと長さが反比例するかのように。そして十分か十五分もすれば起き上がれると思った。体の前側は埃だらけになっていても。これは彼が一生のあいだ自分に言い聞かせてきた思いこみだ。もっと長いあいだこれが続くなんてありえない！　それは午後何時かで、確かな時間はわからなかった。どんよりとした空は、すでに何時間も続いていた。だからきっと午後だった、そのはずだ、きっと。空気はよどんで、冬のように冷えてはいなかったが、温もりの予感も記憶もないようだった。帽子の裂け目から漏れてたまった雨水のせいで気分が悪く、それを脱いでこめかみのほうにずらした。つまり頭を廻して頬を地面につけた。両腕を開いていて、その端の二つの手は草の束を握りしめていた。まるで絶壁にしがみついているかのように力いっぱいに。この描写を続けよう。雨はまず太鼓のような音を立てて背中をおしつぶした。やがてそれは洗濯の音に変わった。ごぼごぼ吸い込むような音を立てて、洗濯釜のなかの洗い物を踊らせているようだった。彼ははっきりと興味を抱いて、音という観点から、彼と大地の上に雨がいかに異なる降り方をしているかを知覚していた。彼の耳は地面に張り付いて頬と同じ位置、ほとんど同じ位置にあって、これは雨のときにしては稀な位置であり、彼は水を飲みこむ大地のはるか遠くからの咆哮と、たわんで水を滴らせる草のため息を聞いたのだ。心には劫罰という観念が浮かんだ。実はいつも浮かんでくる幻想だった。たぶん体の姿勢と、苦しみにひきつったかのような指がそういう印象を与えたのだ。そして自分の過ちが何なのか確かにはわからないまま、生きるということは充分な罰ではないし、この罰はそれ自体過ちであり、別の罰を要求していて、その罰がさらに別の罰を要求すると感じていた。まるで生者にとって生より別のものがありうるかのように。そして彼はたぶん自問したにちがいない。罰を受けるためには、ほんとうに罪を犯していなければならないだろうか。母の胎内に生を享《う》けて、そこから出て行くことに同意したという耐えがたい記憶などなかったのに。そこにもやはり彼はほんとうの過失をみつけることができなかったし、むしろそれも罰と思え、それをまっとうするには至らず、その罰は彼の過失を償ってくれるどころか、もっとそれを重くしただけだった。原実を言えば、過失と罰の観念は、少しずつ彼の精神のなかで溶け合ってしまった。原因と結果の観念が、しつこく思考するものにおいてはしばしば溶け合うように。そして彼はしばしば震えながら苦しみ、つぶやいた。これはただじゃすまないぞ。しかし思考するためには、また適切に感じるためには、どうふるまっていいかわからずに、彼は理由もなく微笑し始めた。いまのように、そのときのように。なにしろもうすでにあの午後、たぶん三月、あるいはたぶん十一月、いやむしろ十月から、ずいぶん時間が過ぎていた。あのとき雨に降られ、雨宿りする場所はなく、彼は微笑し始め、あの激しい雨と、少し後に見えるはずの星の予感に感謝し始めていた。その星が道を照らし、彼が望むならば方角を教えてくれるはずだった。なにしろ彼は自分がどこにいるのか、よくわかっていなかった。ただ平原にいて、山も海も町も遠くはないことだけはわかっていたし、少々の光と、動かないわずかな星さえあれば、どこかの山、海、または町にきっと近づき、あるいは平原にそのままいることもできる。すべては彼の決心にかかっていた。なにしろ自分がたまたまいるところにそのまま い続けるには、光もまた必要である。堂々めぐりをしないかぎりは。堂々めぐりさえもやはり暗闇では不可能なことだ。あるいは決然と立ち止まり、光が戻ってくるまで、もはや動かないことだが、それでは寒さで死んでしまう。あまり寒くなければ別だ。しかし四十分か四十五分か、信じて待った後で、雨があいかわらず激しく降り、日が暮れようとしているのを見て、マックマンが自分のしたことを後悔し始めていなかったとすれば、彼は超人的存在だったただろう。つまり彼のしたことは、遅かれ早かれ木陰や廃屋などを見つけることを期待してできるだけ一直線に進んでいくかわりに、地面に横たわることだった。そしてこれほど激しい長雨に驚くかわりに、彼が驚いたのは、最初にぽとぽと滴が落ちてきたときに、激しい長雨になること、止まって横になってはならず、反対にまっしぐらに進み続け、めくらめっぽうでも、できるだけ急がなければならないことをすぐ理解しなかったことだった。なにしろ彼は人間でしかなく、人間の息子であり孫でしかなかった。しかし彼とあの、まず顎髭ついでに口髭を生やした厳格で荘重な男たちのあいだにはちがいがあった。それは彼の種が、誰にも害を及ぼさなかったことだ。だから彼と人類とのつながりは、もっぱら先祖のほうにしかなかったが、先祖はみんな、永続するはずと信じながら死んでしまった。それに遅くなっても何もしないよりはましなことがあって、真の人間、真の連鎖なら、自分の過失を認め、立ち直り、次の過失へと急ぐものだが、それはマックマンにはかなわないことで、ときどきぐずぐずして死の運命に溺れていたくても、自分に永遠の時間があるわけではないと思った。そしてそこまでいかないとしても、もう充分待ったのだから、いつまでも待つだろうし、期限がすぎたので、もう何も起きないし、誰もやってこないし、無駄だとわかっている待ちぼうけ以外に何もありえない。たぶんそれが彼の状況だった。そして（たとえば）死ぬときには、遅すぎ、待ちすぎたので、いまさらやめようとしても、もう長く生きてはいられない。たぶんそんな状況だった。しかし誰かが、ちがう、と言うかもしれない。行動はそんなに重要ではないということか。わかってる、わかっているとも。頭の中をよぎることだって。そう、ちがう、とほんとうに言うだろう。なにしろ自分のやってしまったこと、そして目も当てられないあてずっぽうを自責しながら、立ち上がり活動し始めるかわりに、彼は仰向けになり、体の前側全体を土砂降りに晒したのだ。そしてそのとき、彼がのどかな故郷の野原を何も頭にかぶらず歩いたとき以来、はじめてはっきりと彼の髪が見えた。彼の頭が離れたばかりの地面に帽子が残っていたからだ。なにしろ野生の、いわば果てなき大地に腹ばいになっていた状態から仰向けになったとき、全身が、頭も他の部分も横に移動したわけだ。わざわざそうならないように動いたなら別だが。そして頭はさっきあった場所から約xインチ離れたところに移っている。xとは肩幅をインチで表した数字だ。なにしろ頭は両肩の真ん中にあるものだから。しかし狭いベッドに寝ているときは、つまり体がかろうじておさまるだけの粗末なベッドなら、仰向けになろうと、それからうつ伏せになろうと、それを繰り返そうと、頭はあいかわらず同じ場所にある。左右に頭を傾ければ別で、おそらく少し涼みたくて、わざわざそんなふうにする連中もいる。大気と空にあるすべてが黒ずんだ流れを彼は見つめようとした。しかし雨が痛くて目を閉じた。同時に口を開けて、長いあいだそのままにしていた。口も両手も開いたままだった。両手をいっぱいに広げていた。なにしろ面白いことに、うつ伏せになっているよりも仰向けになっているほうが、地面に張り付いている感じが弱かった。これは面白い発見で、豊かな展開が期待できようというものだ。そして一時間前に、袖をまくり上げて草にしっかりつかまろうとしたように、そのときもまた袖をまくって、雨が掌をうつのを感じようとした。ときにそれは手のひらとか、手の裏とか呼ばれるが。

そしてその真っ最中に——しかし私は毛髪のことを忘れるところだった。色のことを言えば、そのとき闇の色は黒なのに対してそれはほぼ白だったが、後ろにも両側にも長く伸びていた。風の吹く乾いた天気なら、草のなかで、それ自体も草であるかのようにはしゃいだりしただろう。しかし雨のせいで髪は地面にはりつき、草と土でこねた泥の練り物みたいになっていた。必ずしも泥の練り物ではなく、一種の泥の練り物みたいなものということだ。そして苦しみの真っ最中に、なにしろこんな姿勢で長いあいだじっとしていたらうんざりするはずだから、彼は雨がずっとやまないことを願い始めた。当然ながら、苦しみ、あるいは痛みもやまないことを。なぜなら彼を苦しませているのは、ほぼ確実に雨だったから、横たわってじっとしていること自体は特に不快ではなかった。あたかも苦しむものと苦しませるもののあいだには何らかの関係があるかのように思っていた。しかし雨がやんでも彼の苦しみはとまらないかもしれなかった。雨がやんでいなくても、彼の苦しみはとまるかもしれなかったように。この重要な半＝真理にたぶん彼はもう気づいていた。なぜなら、この重たく冷たい（凍りつくほどではないが）垂直に降る雨の下で、まだ残されている生の時間を体験することができないのを惜しみながらも（そしてそれは心地よく短縮されたかもしれないのだが）、腹ばいになり、あるいは仰向けになり、彼は自問しかけていた。雨のせいで苦しんでいると思い込むのはまちがいではないか、ほんとうは彼の辛さは別の原因からきているのではないかと。なにしろ人間にとって苦しむだけでは不充分で、暑さも寒さも、雨もその反対の晴れも、そのうえ愛情も友情も、日焼けした肌も、たとえばセックスや消化の不調も必要、つまるところ肉体上の、それに頭や他の付属品の、幸いにも数えきれないほどの発作や錯乱が必要なのだ。付属品といっても何のことだろうと思って、私は内反足を思い浮かべた。これは人間が混じりけのない生きる幸福をあえて妨げるものは何か、厳密に知るためである。なにしろ、これは知らないではすまされないことなのだ。厳格主義者は、自分の肉腫が幽門にあるのか、いやむしろ十二指腸にあるのかはっきりするまで詮索をやめないものだ。しかしマックマンはそこまで飛躍しようにも、まだ翼がなかった。むしろもともと現実的な性格で、とりわけ幸いにも私たちが特定できるこの状況においては、純粋理性どころではなかった。ほんとうのことを言えば、彼の気質は鳥類よりも爬虫類に近く、大々的な破壊にも屈することがなく、立っているよりも座っているほうが、座っているよりも横になったほうが快適と感じるので、ちょっとでも口実があれば横たわり、座ることにしていた。生存競争（*struggle for life*）とか生の飛躍が尻に火をつけなければ、彼はわざわざ立ち上がって出かけたりなんかしなかった。そして彼の生涯の大部分は石のように不動のまま過ぎていったにちがいない。生涯の四分の三とも、まして五分の四とも言うまい。最初のうちは表面上動かないだけだったが、少しずつそれが生命線に達したと言わないまでも、少なくとも感性や悟性にまで達したのだ。そしてこの年まで生きのびるとは、これは彼の寿命に比べればまだ些細なものだが、彼は父母を通じて数々の祖先から天分として、幸福な偶然として、もちろん長所として、あらゆる試練に耐えられる生きのびの能力を授かったと信じなければならない。私は気軽に言いたいのだが、彼が瀕死者の数に入っていたら即刻外していいのだ。なにしろ彼を助けに来て、潔白な人生にふりかかる災いや罠を避けてやるものは誰もいなくて、自分の力と手だてしか頼るものはないのに、それでも朝から晩まで、また晩から朝まで、致命的な傷も受けずにきた。そしてとりわけ彼は現金をもらったことがなく、もらってもごくわずかだったので、額に汗して、あるいは知恵をしぼって金を儲けたとしても、何にもならないはずだった。たとえば植えたばかりのニンジンやハツカダイコンの畑の除草を、一時間三ペンス、またはせいぜい六ペンスの駄賃で頼まれても、彼は気晴らしに全部抜いてしまうことがよくあった。あるいは野菜や、花さえ見ても、なんだかわからない腹立たしい欲求に駆られて、文字通り盲目になり自分の興味だけに、つまり土地をまっさらにし、寄生物が全部片づいた少々の茶色の地面しか見たくないという欲求だけに身を任せたのだ。この欲求に彼は勝てなかった。あるいはそこまでいかなくても、ただ目の前のすべてが混乱し、もはや住まいを美しくするため、あるいは人間と動物を養うための植物と、雑草とを区別することができなかった。雑草は何の役にも立たないと言われるが、大地がそれを恵むのは、やはりそれなりの効用があるからにちがいない。たとえばシバムギは犬の好物だし、人間はそれから煎じ薬を作る。しかし彼は役に立つものも棄ててしまうだけだった。自分では気づかないがたぶん道路掃除には向いていると思って、道路掃除のつましい作業も何度かやってみたが、あまりうまくいかなかった。彼自身納得せざるをえなかったのは、彼が掃除したところは、始めたときよりも終わったときのほうが汚くなっていて、まるで悪魔が、自治体によってただで準備された箒、塵取り、手押し車を使うように彼をそそのかして、すでに目に見えていたごみをなくすのが仕事なのに、偶然納税者の目にとまらなかったごみをかき集めてきて、前に見えていたごみに足したかのようだった。このごみを消すのが彼の任務だったのに。だから一日の終わりには、彼に任された区画の全体に、オレンジやバナナの皮、吸い殻、汚れた紙、犬や山羊の糞やその他の汚物が、歩道に沿って丁寧に集められ、あるいは車道の高いところに念入りに積まれ、どうやらそれは通行人に最大の嫌悪をかきたて、滑って死人が出かねない事故をなるべく引き起こすためのようだった。ところが彼は、ずっと経験豊かな仲間たちをよく観察して、そのまねをしながら、まじめに任務を果たそうとしたのだ。しかし、何も自分の思うようにならず、作業をしているあいだも自分がしていることが何かわからず、作業を終えたときも、何をし終えたかわからないかのようだった。なにしろわざわざ立ち入って、自分が何をしでかしたかよく見てごらんよ、と言わなければ彼は気づかず、経験不足なくせに、自分の立場なら誰でもが善意でしたはずのことをやってのけ、ほぼ同じ結果に達したと思っていた。ところが、たとえば、たいていは木製で、温帯の気候に傷んだ、あまり長持ちしない棒とかボタンを取り換えなくてはならないときなど、彼が細々とした作業をするときは、ほとんど道具がなくても、いかにも要領よくやってのけた。そして身体の多少とも円滑な運動が可能だった彼の人生の大部分、つまり半分か四分の一を、彼はこうした細々とした仕事に費やしていた。ものを作ったり直したりする無報酬の仕事を、しばしば器用にこなしてみせたのだ。なにしろ彼があちこち右往左往し続けたいなら、これは必要なことだった。ほんとうのことを言えば、それほどこだわってはいなかったが、神のみぞ知るわかりにくい理由で、とにかく必要だった。実は神には、その被造物たちと同じように、自分のすることをし、自分の拒むことを拒むために理由なんか必要ないように思えるが。しかしどうしてそんなことがわかろうか。ある角度から見たマックマンとはそのような存在だった。思慮や憂慮の花壇を全部台無しにせずには、草抜きをすることさえできないが、それだけでなく、自分のブーツを柳の樹皮と柔らかい枝で補強する知恵があった。それを履いてときどき大地をさまよったが、砂利や棘や、人間たちの怠慢や意地悪からくるガラス片などであまり傷つけられないですみ、ほとんど不平を言うこともなかった。なにしろそれは必要だった。なにしろ自分の行く道に注意を配り、次々足を前に出すための地面を選ぶことを思いつかなかった（それができたら彼は裸足でも進めたのに）。そしてたとえそうしたとしても、大して役に立ちはしなかった。とにかく彼は自分の意のままには動けなかった。それに苔の生えた滑らかな地面をめざしても、足が横にそれて、石英やガラスの破片を踏んだり、膝まで牛糞につかってしまったら何になろう。しかしいまはそろそろ別のことを考えたいので、たぶんマックマンは願望してもいいのだ。願望するだけなら、ただで済むのだから、場合によっては全身が麻痺することを願望しても、それは彼の自由なのだ。できるなら両腕は除外して。風、雨、騒音、寒さ、七世紀のような猛暑、日差しをなるべく避けられるところで、何の役にでも立つ一、二枚の羽根布団があって、週一回くらい哀れみ深い誰かがナイフとりんご、イワシの缶詰でも持ってきてくれて、可能な極限まで運命のときを遅らせてくれるとすれば申し分ない。しかししばらくは、仰向けに寝た姿勢でも、雨の勢いは少しも和らぐことがないままで、マックマンはついに動き始め、まるで熱にうなされたように右に左にもがき始め、ボタンをはずしてはまたはめ、ついにはずっと同じ方向に自転し、どの方向でもかまわず、最初は回転するごとに少し停止したが、やがてもうこれが止まらなくなった。そして原則として帽子はマントにつないであるのだから、紐が首に巻き付いたにちがいなく、その回転にしたがって回るはずだったが、そうではなかった。

なにしろ理論と現実は別物だからである。帽子はそのまま動かず、つまり棄てられたように前の位置にあった。しかしたぶんある日、大風が吹くときがきて、再び乾き軽やかになった彼が平野をとびはね、そうやって町の境界や海辺にやって来るのが見られるかもしれないが、そうとはかぎらない。マックマンが地面を転がるのは、これがいまはじめてではない。しかしいつもはそれが移動の手段になるなんて思いもよらなかった。このとき彼は最初に雨に降られた場所から離れながら、雨宿りするところもなく、ただ帽子のせいでそこは周囲の空間から浮き出ていたのだが、自分が規則的に、そのうえかなりの速度で、おそらく巨大な円弧を描きながら進んでいることに気づいた。彼は自分の手足の一部が別の部分よりも重たいと思ってみた。それがどこかわからなかったが、少しだけ重たいと。そして転がりながら、必要なら一晩じゅうでも転がり続ける計画を思いつき練り上げた。あるいは少なくとも、力尽きないかぎりは、そうやってこの平原の端まで近づくことを思った。ほんとうのことを言えば、彼は平原から離れることなどぜんぜん期待していなかった。しかしそれでも離れつつあり、それがわかっていた。そして速度をゆるめることなく、彼は別の平地を夢見はじめた。そこでなら彼は立ち上がることも、たとえば最初に右足、次に左足を出し、平衡をとって立ったままでいることも必要がない。そこでなら、彼は行ったり来たり、こんなふうに知性と意志をそなえた太い円筒のようにして生きのびることができる。そして

まさに未来の計画に気をとられることもない。なにしろそれは

急ごう、急ごう、私の所持品だ。落ち着いて、落ち着いて。二回言ってみる。時間はある、たっぷりある。いつもの通りだ。私の鉛筆、二本の鉛筆、一方は私の大きな指のあいだにあって、もうまわりの木から露出した芯しか残っていない。そしてもう一本の長くて丸いのはベッドのどこかにあって予備用だった。それを探そうとは思わない。そこにあるのはわかっていて、一本を使い終わったとき時間があれば探すだろう。もし見つからないなら手に入らないわけで、訂正することになる。もう一本が残っているならそれを使う。落ち着いて、落ち着いて。私のノートが見えない。だが左手にそれを感じている。どこから来たものかわからない。ここに着いたときは持っていなかった。だがそれは自分のものだと感じている。そうなんだ。まるで自分が六十才みたいに。だからベッドも私のものだろう、小さなテーブル、皿、便器、タンス、毛布。ちがう。こうしたもの全部は私のものじゃない。しかしノートは私のものだ、説明はできない。だから二本の鉛筆、ノートそして棒、これもここに来たときにはなかったものであるが、私のものだと考える。もう説明したはずだ。私は落ち着いていて、時間もあるが、なるべく説明しないようにする。棒はベッドの上の私のそば、毛布の下にある。以前はこうつぶやきながら、体をそれにこすりつけた。これは可愛い

女だ。しかしそれは長すぎて、枕の下にはみ出て、私の後ろまで遠くに伸びている。記憶に頼って続けてみる。暗くなっている。かろうじて窓が見える。また一晩すぎるにちがいない。私には持ち物を拾い集め、ベッドまでひとつひとつ、あるいは同時にいくつか運んでくる時間がある。それらは、忘れられたものがたいていそんなふうになりがちなように、たがいにもつれあって何も見分けがつかない。そして実際私にはたぶん集めてくる時間がある、時間があるようなふりをしよう、だが何もしないようにしよう。しかし、むしろあたりが明るいときに、こうなるのを予期してすべてを見直し点検したのはそれほど前のことではないはずだ。しかしあれからみんな忘れてしまったにちがいない。いや、ぜんぜんちがう。全部忘れるなんて、めったにないことだ。自分に刺さらないように二つのコルク栓に刺した針は、なにしろ針先が針穴ほど刺さらないとすれば、いやちがう、なにしろ針先のほうが針穴より刺さりやすいとしても、針穴のほうも刺さるのであって、いやこれもちがう。二つのコルクのあいだに見えている針の軸のまわりには、まだ黒い糸が少し巻き付いている。小さいきれいな品物で何かに似ているが、いや何にも似ていない。パイプの火皿をもっている。パイプ煙草を吸ったことはないが。移動中に、地面のどこかにそれを見つけたにちがいない。そこらの草のなかにあり、確かに管が壊れ、もう役に立たなくて棄ててあった。こんな細部が甦ってきたのだが、火皿につながるところが壊れていたのだ。このパイプを修理することもできたはずだが、こうつぶやいたにちがいない。なあに、他のを買うさ。単に私は火皿を見つけただけだ。しかしこれは全部仮定にすぎない。たぶん私はそれをきれいだと思った。あるいはそれにあの哀れみという忌まわしい感情を覚えた。私はしばしば物を相手に、特に木や石でできた取り外しのできる小物にそんな感情を抱いた。身に着けておいて、ずっともったままでいたかった。だからそんなものを拾っては、しばしば泣きながらポケットに入れたものだ。なにしろいろいろ経験したにもかかわらず、結局こういう愛着や感情を育んだりはせずに、すっかり年を取ってから泣くようになったのだ。そして移動の途中にいきあたりばったりに集めて、ときにはこれらも私を必要としているという気持にさせるこんな小物が伴侶になってくれなければ、たぶん私は仕方なく、頼りがいのある人物に頻繁に会ったり、何かを告白して自分を慰めたりしたかもしれない。いや、そうは思わない。そして私が好んだのは、いま思い出すのだが、歩きながら、ポケットに両手を潜り込ませることだった。なにしろ私は自分がまだ棒に頼らずに、なおさら松葉杖などなしでも歩けた時代のことを喋ろうとしている。私が好んだのは、ポケットの底に潜り込んだ固い、しっかりした物体を手探りし撫でてやることだった。そうやって、それらに話しかけ、それらを安心させてやった。喜んで一個の砂利、マロニエの実、松ぼっくりを握って眠りにつき、目が覚めてもまだ指を折って握りしめていた。体は休もうとしてぼろ布みたいになっていたが。そして飽きてしまった物や、他に愛着が移ってしまった物は棄てることになった。つまり、ありえない偶然でも起きないかぎり決して誰も発見することがないように、それらが永眠できるような場所を長いこと探した。そういう場所は稀なのだが、そんなところに注意深くそれらのものをおいた。ときにはそれらを土に埋めたり、あるいは海に向かって、力いっぱいできるだけ陸から遠くに投げたりした。そうすれば、ちょっとでも浮かんできたりしないと確信がもてた。木でできた好みの品物だって、ものによっては石をつけて底に沈むようにした。しかしそれはやってはならないとわかった。なにしろ紐が腐るといつかは水面に浮かんできて、すぐ浮かばないとしても、遅かれ早かれ陸に戻ってしまうからだ。こんなふうに新しい愛の過ちのせいで、もはやもっていられなくなった愛しい物たちと別れたのだ。そしてしばしば後悔した。しかしそういう物たちを実に巧みに隠したので、私自身がもう見つけられないことがあった。これが私のやり方で、あいかわらず暇を持て余しているみたいだ。確かに暇を持て余しているのであって、実はそのことはよくわかっている。それならなぜ緊急のことみたいにふるまうのか。わからない。たぶん実は緊急のことかもしれない。さっきはそんな気持になった。しかし私の気持なんて。それに、自分が手に入れたもののうち残っているもの、せいぜい十個くらいのものを全部思い出すことなんて、それほどこだわっていなかったのではないか。いや、いや、絶対に思い出さなくちゃならない。そんなら話がちがう。何の話だっけ。パイプの火皿だ。つまりそれをいつもそばにおいてきた。入れものとして役立ったので、そこになんでも入れて、こんな小さなところによくこんなに物が入ったものだと思った。ブリキの蓋までこしらえてやった。次に移ろう。あの哀れなマックマン。どうやら私は何もやり遂げることができないようだ。呼吸することとくらいか。欲ばるのはやめよう。だがこんなふうに息が切れてしまうものだろうか。そんなこともあるさ。ゼイゼイ喘ぐはずじゃないのか。たぶん必要ないのだ。おぎゃあおぎゃあ泣いて、後はゼイゼイ喘ぐこともない。生きていれば、反抗的傾向はおさまってしまう。いいから、こんな細かいことは。最期の言葉は何を書けばいいかと考える。他はひとつ残らず消えてなくなる。いつまでたってもその言葉がみつからないだろう。あの目録も完成しないだろう。小鳥が私にそう言っている。たぶん鸚鵡か、その類だ。アーメン。とにかく棍棒、どうしようもない、わざわざ理解しようとはせず、ここにあるのは何か全部言わなくてはならない。ときどき、ずっと前からここにいるような気がする。たぶんここで生まれたような気にさえなる。これで多くのことがわかってくるようだ。あるいは長いあいだ留守にした後ここに戻ってきたような。しかし感情も、仮説も終わりだ。この棍棒は私のだ。それだけのことだ。それは血に染まっている。それほどじゃない。それほどどじゃない。私はうまく身を守れなかったが、とにかく身を守った。よくこんなふうにつぶやくのだ。長靴がひとつ、もともと黄色だった。どっちの足のためだったのか。たぶん左側、起き上がるときの足だ。もう片方はなくなった。最初に奴らがもって行ってしまった。私が動けなくなるとはまだわからなかったのに。もう一方だけ残しておいてくれた。それに気づいただけで私が悲しみに暮れることを期待していた。人間とはそういうものだ。もしかしたらあれはタンスの上にあるのだろう。実際私は、棒を使って、くまなく探したが、タンスの上を忘れていた。そしてタンスの上も他のところも、その靴も他の物も、もう決して探したりしないから、それはもはや私のものではない。なにしろ私に属するものとは、私がその状態をよく知っていて、なんとか手に取ったりすることができるものだけである。これが所持品を定義するために私が使ってきた定義であり、そうでなければしめしがつかない。しかしいずれにしてもしめしがつかない。あれは私がずっともっている黄色の靴にあまり似ていなかった、これを話題にするなんて私はどうかしているが、その特徴は、紐を通す穴がたくさんあることで、こんなに穴が多い靴は見たことがない。ほとんどはもう穴ではなくて裂け目になって役立たずになっている。こうしたものが全部片隅にごちゃまぜになっている。こんな暗闇でも手に取ってみることができるだろう。望むだけでいい。触ってみて見分ける。棒を通じて情報が伝わってくる。望みの物を引っかけ、ベッドの下まで引き寄せ、それが私のほうに床板を滑ってくる、あるいは飛んでくるのを聞く。だんだんだん近くなり、だんだんよそよそしくなるその物を、窓や天井に注意しながらベッドに引っ張り上げる。やっと手に取る。もしそれが私の帽子なら、たぶんかぶってみる。それは昔の懐かしい時代を思い出させる。その思い出ならたっぷり頭にあるのだが。帽子にはもう鍔がなく、鐘形のメロン帽に似ている。それをかぶったり脱いだりするには、両手でしめつけてつかまなくてはならない。この帽子のことなら、まだその来歴をよく覚えている。つまりそれが私のものになった由来から、ということだ。どういうわけで鍔がなくなってしまったのかも知っている。それに立ち会ったわけだ。要するに睡眠中も、かぶったままでいたかったのだ。帽子も一緒に私を埋めてもらいたい。些細な気まぐれだが、どうすればいいのか。メモ、念のために深くかぶせる、遅すぎないうちに。しかしそれぞれのことに好機というものがある。私は続けるべきなのか。どうやら私は、たぶん自分がもうもっていないものを所持品に数え、まだ失っていないものを無いものにし、最後にそこいらの片隅には第三の部類に属する他の物があると感じる。私があずかり知らぬ物で、結局私はまちがえようもないし、正しく数えることもできないのだ。さらに私はこうもつぶやく。最近の私の所持品検査以来、バット橋の下では両方向に水が流れたと。なにしろこの部屋で私はもう消え入りそうで、誰かの仕業で、そこからある物が出たり、別の物がそこに入ったりするということが理解できなくなっている。出ていく物のあいだには、多少とも不在の時間を経て戻ってくる物もあり、決して戻らない物もある。したがって、戻ってくる物のなかにはなじみの物もあるし、そうでない物もある。理解できない。そしてもっと面白いことには、特に共通点はないように見えるが、私がここに来てからずっと離れていったことがなく、まるでどこかの無人の部屋にあるように、おとなしく片隅で自分の位置にとどまっている物の集合があるのだ。でなければ、こいつらはよっぽど素早く動いたのだろう。私の言っていることは、全部嘘みたいだ。しかしこんなことがずっと続くなんてありえない。私の所持品の変わりやすい外観は、こんなふうに説明するしかない。しかし実はこのとおりでもない。だから厳密に言えば、一瞬一瞬、私の定義によって自分に属するもの、属さないものが何か知ることは不可能なのだ。そこで私は財産目録の作成を続けるべきか自問する。たぶんそれは現実とかけ離れているのであって、むしろ私はそれを切りあげて、大した結果につながることはない別種の娯楽に身を委ね、何もせずに、あるいは一、二、三と続けて数え、単に待つだけにし、もう気分を害することなどないようにしたほうがいいのではないか。小心翼々とはまさにこのことだ。もし一ペニーあったら、それを投げて決めるところだ。まったく、夜は長いだけで何も忠告してはくれない。それでも明け方まで続けるか？　すべてを考慮して。いい考えだ。素晴らしい考えだ。明け方になってもまだここで生きながらえていたら、私は気づくだろう。眠くなってきた。しかし眠ろうとは思わない。結局最後になっても、臨終のときでも、まだ訂正することは可能だ。しかし私はくたばってしまったんじゃなかったか。おいマロウン、いいかげんにしろ。あるがままの所持品を全部もってきて、ベッドのすぐそばにおくことにしようか。それが何かの役に立つだろうか。そうは思わない。しかしたぶんそうするだろう。これがあいかわらず私の資産だ。もっとはっきり見てみるなら。それらをみんな私のまわりに、そばに、下に、横に集め、所持品の真ん中にいて、もう隅っこには何もなく、すべてはベッドに私と一緒にある。私の写真、私の石を手に取って、もう放さない。帽子をかぶるだろう。たぶん口になにか、たぶん私の新聞紙、あるいは私のボタンを入れ、さらに他の宝物の上に横たわるだろう。私の写真。写っているのは私ではないが、たぶん見知らぬ存在ではない。そこは海辺で、すぐ近くの正面から写したロバだ。大洋ではなかったが、私にとっては大洋だ。当然ながらロバに頭をあげさせ、きれいな目が写真に写るようにしたかったが、ロバは頭を下げたままだった。耳を見れば不承不承なのがわかる。頭にカンカン帽をかぶせてやった。痩せた足はこわばってそろっていた。蹄は砂地の上にあった。輪郭がぼけているのは、写真を撮った当人が笑っていて、カメラが揺れたからだ。海はぜんぜん自然に見えなくて、スタジオで撮ったみたいだ。しかしむしろ逆だったかもしれない。片方の靴以外には、たとえば少しも服らしいものがなく、帽子と三つの靴下があるだけだ。数えてみたのだ。私の服、オーバー、ズボン、自分はもういらないからと言ってカン氏がくれたフランネルはどこにいったのか。たぶん燃やされてしまったのか。しかし私がもう持っていないものはどうでもいい。人が何と言おうと、こんなときにそんなものは問題じゃない。それに私はもうやめてしまおうと思っている。最期のために一番いいものはとっておいたが、気分がよくない。たぶんもうお陀仏だ。しかし確かじゃない。これは一時的な衰弱というもので、誰だって経験するものだ。やつれる。それから立ち直る、力を取りもどし、またやり直す。たぶんそうなる。私はあくびする。切羽詰まっていたらあくびなんかするだろうか。いいじゃないか。ちょっとスープでも食べるのは望むところだ。そう思う。もし残っているなら。いや、残っていても食べないだろう。やーい。数日前からもうスープが届かない。もうそれは言ったっけ？　言ったにちがいない。例のテーブルをドアのわきに戻し、また自分の位置にもってきて、係りの者が忘れていても、物音を聞いて正しく理解してくれることを希望して、行ったり来たりしたのに、皿は空のままだ。ところが便器のほうはいっぱいのままで、もうひとつのもだんだんいっぱいになってきている。それもいっぱいになったら、二つとも床にぶちまけてやる。しかしそんなことにはならないだろう。もう何も食べていないから毒にあたることもあまりなく、排泄もまれになっている。便器は自分のものではないみたいだ。私はただ戯れているだけだ。これらだって、私の持ち物の定義にあてはまるが、私のものではない。たぶん定義がまちがっている。便器にはそれぞれに二つ取っ手がついていて、取っ手は向かいあい、器の縁から外にはみ出ている。だから私は棒をすべらせながらそれを操縦し、もち上げたり下ろしたりできる。みんな予想通りだ。いや幸いな偶然にすぎない。だから切羽つまったら、便器をひっくり返すこともできるし、必要な時間だけ、空になるのを待つこともできる。便器のことを喋っているうちに少し元気になってきた。それらは私のものじゃないが、私の便器と言っている。私のベッド、私の窓と言うように。私が私と言うように。しかし、これもやめにしよう。私の持ち物たちが私をくたくたにした。また数え始めたら再び失神してしまうだろう。なぜなら同じ原因は同じ結果を生むからだ。自転車のベルの蓋や、半分になった松葉杖、つまり横木のついた半分について話したかったのだ。まるで赤ん坊の杖みたいだった。とにかくまだこれを続けることはできる。何が妨げになろうか。わからない。続けられない。たぶん飢えで、栄養失調で死ぬんだ。この災いとは首尾よく一生闘ってきたのに。信じられない。体のきかない老人にも、最後まで恵みが与えられるものだ。もう呑み込めなくなると、食道や直腸にチューブをねじこみ、ビタミン入りの粥を入れてやるが、それは人殺しと言われないためだ。だから私は単純に老衰のせいで死ぬのだが、大洪水の前のように、腹いっぱいで毎日満ち足りて死ぬだろう。たぶん彼らは私が死んだと思い込む。あるいは彼ら自身が死んだわけだ。私は彼らと言っているが、ほんとうのところは彼らのことを何も知らない。最初のうちに、それにしても確かに最初だったのか、老婆に気づいた。それからしばらくのあいだは、老いた黄色い腕に。しかしどうやらみんな施設の指示にしたがったままでのことだ。ときどきひどく静かで、大地から住人が消えてなくなったようだ。私は一般化する表現を好みすぎで、こんなことを言っている。自分の穴のなかで、数日間、もう物音以外何も聞こえなくなれば、人は自分が人類最後の生き残りだと信じるようになる。叫んでみたらどうだろう。別に注意を引きつけたいわけではない。ただ他に誰かいるのか知ろうとしているだけだ。しかし叫ぶのはいやだ。私は穏やかに話し、穏やかに移動するようにしてきた。いつものことで、何も言うことがなく、どこにも行く先がない人間にはそれがふさわしい。なにしろこういう状況では目立たないのが一番だ。半径百歩の範囲には確かに誰もいないが、それから先は人々がごった返しているなんて可能性は考慮しないことにする。誰も近づこうとはしない。私はまったく無駄に息を切らしていることになる。しかし試してみよう。私は試してみた。何も変わった物音はしなかった。いや、胸焼けがするときのように、気管の底に焼けるような軋みを感じた。たぶん訓練すれば、やがては呻き声を聞かせることもできるだろう。一番いいのは眠ることか。不幸なことにもう眠くない。そもそも、もう眠ってはならないのだ。難儀なことだ。私は好機を逃した。もう言ったっけ？　私は頭をよぎることのほんの一部を喋っているにすぎないと。言ったにちがいない。それらのあいだの関係を示していると思える一部を私は選ぶ。それはいつも易しいとはかぎらない。私が選ぶのは一番重要なものであってほしい。中止してもいいか私は自問する。もし鉛筆の芯を棄ててしまったら。もうそれを取り戻せないだろう。後悔するかもしれない。私のちっぽけな芯。いまこの瞬間には、そんな過ちを犯すはずがない。それならどうするか。例の棒を鉤竿のように使えばベッドを動かすことができるのではないか。キャスターがついているかもしれない。多くのベッドにはついている。ここに来てからいっぺんもそれを考えなかったのは信じられない。たぶんドアの向こうにまで移動させることだってできるだろう。狭いベッドなんだから、階段だって降りていかせられるだろう。降ろすための階段があるとすれば。出て行く。ある意味で、暗闇は不都合だ。それでもベッドが思うままになるか、やはり試してみることはできる。棒を壁に立てかけて、それに体重をかけてみるだけでいい。うまくいったら私はもう部屋のなかをあちこち動き回っているはずだ。充分明るくなって冒険の手はずが整うまで。少なくともこのあいだ、私はもう自分自身に嘘をつかない。それに、誰が知ろう、肉体的努力のせいで、私は心臓麻痺かなんかでくたばってしまうかもしれない。

私の棒がなくなってしまった。これはこの日の大事件だ。なにしろまた夜が明けている。ベッドは動かなかった。暗いせいで、私は体を支える場所をうまく選べなかったにちがいない。ところがすべてはそろっている。アルキメデスは正しかった。棒が滑ったので、それを放さなければ、私はベッドの外に放り出されていただろう。ほんとうは棒を失うよりは、ベッドを諦めたほうがよかったのだ。しかし私には考える間がなかった。転倒の恐怖のせいで、こんなまちがいを犯した。なんという災い。これを味わって、よく考えて、後の教訓にする。それがたぶんいまできる最良のことだ。こんなふうにして人間は猿人と袂を分かち、発見に発見を重ね、常に光のほうに自分を高めてきた。いま私は棒を失ってみて、それが何であったか、私にとって何を意味していたかを悟っている。こうして、夢にも思わなかったあらゆる事故から解放されたいま、辛い気持で〈棒〉というものを理解し始めている。したがって私の意識は異様に拡張されている。だから私を襲ったばかりの真の災厄のなかに、幸いのための不幸を見ていると言ってもいいほどだ。これは慰めなのだ。おそらく昔ながらの意味では災厄でもあった。溶岩の下でも大理石のように冷たいとすれば、どんな木を燃やして暖をとるかもわかってくるはずだ。次には自分がやったこととは思えないほど、うまくきりぬけてみせる。ところが次はない。そんな機会は訪れない。ちょっとだけのお楽しみというわけだ。私はこの長い箒のような棒を最大限活用していると思っていた。猿が檻を開ける鍵をもっていて、それで体をかいたりするように。そうするのが一番いいに決まっている。なにしろ床や階段を這って行ったり、転がって行ったりすることにあきたら、賢いやり方で棒を使い、ベッドから出ることも、たぶんそれを元に戻すことさえもきっとできたはずだ。私の崩壊過程に少し変化をつけることもできただろう。どうしてそれを考えなかったのか。確かにベッドから離れたくはなかった。しかし賢者というものは、可能性さえ認められないことを願望しないでいられるのか。私にはわからない。賢者はたぶん願ったりしない。しかし私は？　また夜が明ける。少なくともそのようだ。私は自信喪失の短い危機のあとで眠ったにちがいない。もう長いことこんなに落ち込んだことはない。いったい自信喪失が何になろう。盗人が一人救われた。[18]ちょうどいい割合だ。ベッドから遠くない床に棒が見える。つまり一部しか見えないが、目に入るものは何だってそうだ。まるで遠くの赤道にあるようだ。いや、そういうわけではない。なにしろたぶん私はそれを取り戻す手段をみつけるだろう。私には知恵がある。だからすべてが失われて取り返しがつかないわけではない。私の定義によれば、そして記憶が確かならば、当分は私のものなんかもう何もない。私のノート、鉛筆の芯、フランス製の鉛筆だけだ、そんなものが実在するとすればだ。目録を作るのをやめたのは正しかった。私の勘が当たったのだ。私は少し回復した。眠っているあいだに、たぶん栄養をつけてくれたのだ。便器も見える。もういっぱいじゃない。もうそれを手に取ることができないだろう。赤ん坊のときのようにベッドのなかに漏らすしかない。とにかく叱られはしないだろう。しかし私のことは充分喋った。棒を失って私は身軽になったとも言えよう。棒をとり戻すにはどうしたらいいか考えがある。ひとつ思いついたところだ。スープをもってこないのは、私があの世にいくのを早めようと謀っていたのか。あまりせっかちに決めつけてはならない。それならなぜ私が眠っているあいだに栄養を補給するのか。しかしこれは確かじゃない。それに死を早めてくれようと思うなら、毒入りのスープを、毒入りスープをたっぷりくれたほうが賢いのではないか。たぶん死体解剖を恐れているんだ。見ての通り、彼らはまぬけじゃない。思い出したが、所持品のなかにラベルの貼ってない小瓶があって、なかに少し錠剤が入っていた。下剤だったか。鎮静剤だったか。もう覚えていない。彼らに何か気分を安らかにするものを頼んだのに、こちらは下痢をするばかり。それではいまいましい。そもそも問題はない。それに私は平静だ。充分にではない。まだ平静さが少々欠けている。しかし私のことならもうたくさんだ。棒を取り戻すための思いつき、それがうまくいくか考えてみよう。ほんとうは私はひどく弱っているにちがいない。それがうまくいきそうなら、まずはベッドから出ることを試してみよう。それ以外にはどうするか思いつかない。たぶんマックマンがどうなったか調べてみるか。私にはまだそんな余力がある。なんでこんなふうに何かしようとするのか。神経が高ぶっている。

ある日、彼の様子からみると、だいぶ時間が過ぎていたが、どこかの施設でマックマンはもう一度意識をとりもどした。最初は自分の潜り込んだところが施設か何かわからなかったが、彼が物事を理解できるようになってきたら、すぐにそう教えられた。要するに実はこう言われたのだ。ここはサン＝ジャン＝ド＝ディユ病院[19]で、あんたの番号は一七六番だ。何も心配することはない。みんな仲間だ。よく理解するように！もう何も心配しなくていい。これからはあんたに代わって私らが考え動いてあげる。私らが喜んでやっていることだ。だから感謝しなくていい。生命を保ち健康も維持するための食料の他に、毎週土曜日には、われらの守護聖人を讃えて、極上の黒ビール半パイントと噛み煙草が配られる。それから彼の権利と義務についての説明があった。なにしろ彼は慈善を施されるのだが、そのうえある種の権利さえ認められていた。この逬るような「あんた」呼ばわりに驚いて、これまでは慈善事業を避けてきたマックマンは、彼に向けて人が喋っているとは、すぐにわからなかった。彼のいる部屋、あるいは独房は、白衣を着た男女でごった返していた。彼のベッドのまわりにみんながおしかけ、後列にいるものたちは、爪先立ちになり首をのばして、彼をよく見ようとした。話しかけていたのは当然ながら精力的な若い男で、優しさと厳めしさを兼ね備えた表情で、疥癬にかかったような顎髭は、どうやらキリストと似ていることを否が応でも思わせた。紙切れを手に持っていて、ときどき心配そうな眼差しでそれを見るからには、実は彼の言うことは即興ではなく、それを読むか、暗唱するかしていた。最後に彼はその紙切れを、鉛筆と一緒にマックマンにわたした。それは消えない鉛筆で、わたす前に男はその先端を口で舐め、署名をするように言った。これは単なる手続きだと付け加えながら。断ったら罰を受けるのが怖かったのか、自分のしていることの重大さをわきまえていなかったからか、マックマンは言われる通りにしたが、そのとき相手は紙を手にとり確かめて言った。マック、何だって。そのとき異常に甲高く不快な女の声が聞こえて、マンと言った。マックマンって言うんです。この女が後ろにいたので、マックマンには姿が見えなかった。彼女は両手でベッドの桟を握りしめていた。あなたは誰?と髭男は言った。誰かが答えた。モルですよ。ほら、モルというんです。髭男はそう言った人物のほうを向いて一瞬見つめ、そして目を伏せた。わかったとも、わかったとも、と彼は言った、僕は気分がよくないのでね。ちょっと黙った後で付け加えた。いい名前だね。この賛辞がモルという名前についてのものか、マックマンという名前についてのものか、正確にはわかりかねた。押すんじゃないよ、いい加減にしてくれ、と彼は苛ついて言った。それから急に振り返って叫んだ。ほんとに何でそんなに押し合い圧し合いするんだ！　実際に新しい野次馬がつめかけて、部屋はますますいっぱいになっていた。僕はもう行きますよ、と髭男は言った。そこでみんながまったく思い思いに出ようとして、ぶつかりあい、われ先に動こうとしたが、モルだけが例外でじっとしていた。しかしみんな出てしまうと、彼女は戸口まで行ってドアを閉め、戻ってきてベッドの近くの椅子に座った。それは体も顔も異様に醜い小柄な老女だった。彼女はこれから注目すべき出来事においてある役割を演ずるためにわざわざ呼ばれてきたようだ。この出来事が、ついに私の話の最後になるように望みたいところだ。どういうわけか骨が歪んで、痩せた黄色い腕はねじれていて、大きく厚ぼったい唇が顔の半分を占めているようで、（見たところ）それが彼女のいちばんおぞましいところだった。耳飾りに二つの象牙の十字架をつけていたが、それがちょっと頭を動かしても大げさにゆれた。

私はものすごく気分がいいと書くために中断する。たぶんこれは錯乱である。

マックマンにとってこの人物は彼の見守りと介護を担当しているにちがいないと思えた。その通り。実際、管理部門の采配で、一七六番はモルの担当と決められていた。彼女はそもそも規定の書式によって願いを届けていた。彼女は彼に食事を運び（毎日一回の大皿に盛った料理で、まず熱いのを食べ、あとで冷めたのを食べる）、毎朝便器を空にし、体を洗うように指図する。顔と手は毎日洗い、他の部分は、週ごとに次々洗うことになっている。月曜は足、火曜は膝まで、水曜は腿へと移っていき、日曜には首と耳にたどりつく。いや日曜は休むのだった。彼女は部屋を掃除し、ときどきベッドを整え、たったひとつある窓のすりガラスをぴかぴかに磨くのを一番の楽しみにしていた。窓はいつもしまっていた。マックマンが何かしようとすると、彼女はそれが許可されているかいないか教え、また同じくじっと動かないでいると、そうしてもいいかどうか教えてやった。つまり彼女は常時彼につきっきりだったのか。いや、おそらく彼女は他でも介護をしたり、別の指示を受けたりしていた。しかし最初のうちは、彼がまだ新しい快適な生活に慣れるまで、確かにできるだけそばにいて、夜さえも少し見守ることにしていた。彼女がよく気がついて、気立てもよかったことは、次の話からもわかることだ。ある日、ここに来たばかりのマックマンは、いつものこつけいな服のかわりに、ごわごわした布、たぶん毛織物の長くゆったりしたシャツを着せられているのに気づいた。彼はすぐに騒ぎ出して自分の服を要求し、おそらくついでにポケットの中身まで要求した。なにしろ彼は叫んだのだ。私の持ち物！　私の持ち物！　何度も、ベッドのなかで暴れながら、大きく開いた両手で毛布をたたきながら。モルはそのときベッドの端に座り、自分の二つの手を次のようにおいた。ひとつはマックマンの片手に、もう一つは額に、彼の額か彼女の額か、やはり彼の額に。体が小さいので彼女の足は床まで届かなかった。マックマンが少し落ち着いたとき、彼女は言った。彼の服はきっともうなくなってしまった、だから返してもらえない、片付けられてしまった所持品は、もう役に立たず、捨てるしかないとみなされたもので、銀製のナイフ置きだけは彼のためにとってあると。しかし彼女の告げたことは、マックマンをひどくあわてさせたので、彼女はすぐに笑いながら付け加えたのだ。これはみんな冗談で、ほんとうは彼の服は洗濯しアイロンをかけて繕い、ナフタリンと一緒にたたんで箱に入れてある。箱には彼の名前と番号が記してあり、イングランド銀行にでも預けたように大事にとってあると。しかし、彼女が言ったことが何もわからなかったかのように、マックマンは自分の所持品を要求し続けたので、彼女は仕方なく規則をもちだすしかなかった。規則によれば入所者は、出所するときまでは、浮浪していたとき着ていたものを着てはならないことになっていた。しかしマックマンがやかましく自分の持ち物を、特に帽子を要求し続けたので、聞き分けがないと彼を叱って彼女は出て行った。少しして戻ってきて指先に当の帽子をもっていた。たぶん野菜畑の奥のごみの山に探しに行ったのだ。なにしろどうやったのか、全部理解するには時間がかかりすぎた。それに帽子は肥やしにまみれてぐちゃぐちゃになっていた。おまけに彼女はマックマンが帽子をかぶるのを我慢して見ていたうえに、それを手伝って、彼が起き上がって座るのも助け、枕をおいて、そのまま疲れることなく座っていられるようにした。そして当惑し弛緩した年寄りの顔を優しい気持で見つめた。髭の奥で口は微笑もうとし、赤い小さな目が臆病そうに彼女のほうを向いて感謝したげな表情をしていた。あるいは、その目がかぶった帽子のほうに反り返っていた。きちんと座ろうとして両手をあげ、毛布の上に震えながら戻した。そして最後に彼らはじっと見つめあい、モルの口が開き、おぞましい微笑になって広がった。そのせいでマックマンの目は、主人に睨まれた動物の目のように震え、ついに彼は仕方なくその目をそらした。これで挿話は終わりだ。それは平原の真ん中に放っておいた帽子だったにちがいない。傷み方をみると確かにそれは似ていた。したがって、肉体的かつ精神的に大きな共通点はあっても歳月が過ぎるとどういう変化が起きるかわかっているものにとって、もしかすると結局それは同じマックマンだったのではないか。その島にマックマンは実際にたくさん存在し、おまけにどいつも大体同じ名高い馬鹿な家系の出身であることを鼻にかけている。だからときどきどうしようもなくたがいに似ていて、彼らのためを思い、まじめに区別しようと願っている連中までが彼らを区別できなくなってしまうのだ。そのうえ肉体と意識の名残はなんだって目につくもので、細々と追跡するには及ばない。それがまだ生きている人間なら、まちがえるはずもなく、そいつは犯人なのだ。長いこと彼はベッドから動いたことがなかった。まだ歩けるか、立っていられるか自信がなかったし、たとえそれが可能でも、管理側に問題と思われることにならないか心配だった。サン＝ジャン＝ド＝ディユにおけるマックマンの滞在の第一段階をまず見てみよう。次に第二、第三の段階に移ろう、必要ならば。

私の状況については、私がそれらを正しく把握していると仮定して、たくさん細々とした珍事を指摘したくなる。しかしやっとそれに気づいたのだが、私の覚え書には困った傾向があって、記録の対象であるはずのことをかき消してしまうのだ。だから私は、さしあたってこれについてだけ言っておくが、この異常な熱気を遠ざけることにしよう。それが私という人間のいくつかの部分に、どこだかは言わないが、いすわってしまったのだ。他のことは大したことじゃない。そこでむしろそれが冷えてくれるのを待っていたわけなんだ。

この第一の段階とは、ベッドに関することだが、その特筆すべき出来事はマックマンと彼の見守り役との関係の進展だった。二人のあいだには徐々にある種の親密さが生まれ、あるとき二人は一緒に寝ることになり、可能なかぎり上手に交合することになった。なにしろ彼らの年と、肉体的愛の経験不足を考えると、いきなり相性がいいという印象をたがいにもてなかったのは当然だった。そのときマックマンは、まるで枕をカバーのなかに入れるように、自分の性器を相手のそれに懸命に入れようとして、二つ折りにして、指でつかんでこじいれようとしたのだ。それでくじけるどころか、ますますのめり込み、二人ともまったく不能なのに、ついには皮膚や粘膜や想像をありったけ使って、乾いた弱々しい抱擁から一種あやしげな快楽を迸らせた。そこで（この時期は）相手よりもやる気満々のモルは叫ぶのだった。六十年前に会っていたらよかったのに！　それにしてもそこに至るまでに何という色恋沙汰、恐怖、獰猛な愛撫が続いたことか。それについて指摘しておくべきことはただ次のことくらいだ。マックマンはそのせいで、夫婦生活という表現が何を意味するか、少しわかったのだ。彼は目に見えて言葉遣いがうまくなったし、短期間で、はい、いいえ、まだ、充分といった友情をとりもつ言葉を、適切なところで言うことを覚えた。彼はこれを機会に、文字を読んで開ける魔法の世界にも通じるようになった。なにしろモルは彼に情熱的な手紙を書いて、じかに手渡したからだ。学校に通ったものには、その記憶はなかなか忘れがたくて、手紙をくれた相手の説明がなくてもひとりで全部わかるようになり、彼はその手紙を腕がとどくかぎり遠くにもって読んだ。そのあいだモルは少し離れて目を伏せ、いま読んでいるのはあそこ……あそこ……あそこと独り言《ご》ち、封筒のなかに手紙をおさめる音がして彼が読み終えたのがわかるまで、そのままの姿勢でいた。すると彼女は彼のほうをまっすぐ見て、ちょうど手紙を唇につけたり、胸におしつけたりしているのを見ようとした。これも中学四年生の思い出だ。それから彼は手紙を彼女に返し、彼女はそれを枕の下に入れるが、そこには別の手紙が日付順に整理してあり大事に縛ってあった。これらの手紙は形も中身もほとんど同じだったので、マックマンにはまったく好都合だった。例をあげると。愛しい人、毎日跪いて神様に感謝しています、死ぬ前にあなたに会えたことを。やがて私たち二人とも死ぬのですから。まちがいなく。ピッタリ同じ時に死にたい、これだけが私の願いです。それに私には薬局の鍵があります。でもまずこの素晴らしい黄昏を味わいましょう。長い嵐の一日のあとの、ほんとうに思いがけない黄昏です。そう思わない？　愛しい人！　七十年前に会っていたらよかったのに！　いいえ、これでよかったの。私たちには、憎みあい、青春が過ぎ去るのを見、吐き気を感じながら昔の陶酔を思い出し、それぞれ自分のために、二人一緒にはもうできないことを他人に求め、要するにたがいに馴れあってしまう時間なんてないでしょう。ものごとをあるがままに見なくてはなりません、そうでしょう？　私のワンちゃん。あなたが私を腕に抱いてくれるとき、私があなたを腕に抱くとき、若者や、はたまた熟年の夢中な気持に比べれば、それは確かにささやかなものでしょう。でもすべては相対的、と言わなければなりません。牡鹿牝鹿にはそれなりの望みが、私たちには私たちの望みがあるのよ。あなたが分《ぶ》をわきまえているのは驚くほどです。ほんとうに。つましく清らかに生きてきたのね！　私も同じです。あなたは気づいたはずです。肉体がすべてではないということも考えなくてはなりません。特に私たちの年齢ではね。それに私たちが目を使ってできることを自分たちの目でやれる恋人たちがいるかしら。やがてその目はすべてを見てしまうので、ときどき開けているのがつらくなります。そして情熱の助けを借りなくても、ただこのやり方しかなくても、私の義務が私たちを引き離すときでも、毎日私たちが、やさしい気持で実現できることがあります。私たちは何でも打ち明けるのだから、このことも考えてみて。私は美人だったことも魅力的だったことも決してなく、私の聞かされてきた意見からするとむしろ醜く、ほとんど奇形なのです。特にパパは私がサルみたいに生まれたと言って聞かせたし、その表現をよく覚えています。あなたのほうは、愛しい人、きれいな娘たちの心をもっとときめかせた年頃には、若さの他にも魅力いっぱいだった？　さあ、どうだか。でも年をとったいまでは、私たちはいちばん見映えのいい同年代に比べてそれほど醜いわけではなくて、あなたは特に髪の毛が残っているもの。それに人の役に立ったことも、何か理解したこともないので、私たちはみずみずしくて初心《うぶ》だと思うのです。結論として、ついに私たちは愛の季節を迎えたのですから、それを楽しみましょう。十二月になってやっと熟す梨もあります。これからの成行きは、私に任せてちょうだい。まだ私たちは思いがけないことをするでしょう。いまにわかるわ。あべこべに寝ることは、あなたと意見がちがいます。私は続けなくちゃいけないと思うの。私のやりたいようにさせて、それから感想を言って。ほんとうに助平なんだから！　私たちが骨ばっているせいでうまくいかない、確かにそうです。要するにあるがままにしましょう。それに、たたきあうのはやめましょう。あれは単なる気晴らしです。暗闇で抱きあい疲れきって、一緒に辛い思いで、冬の夜、外にいるとしたらどういう感じか、私たちのありさまがどんなふうだったか風の音に聞きつける、そんなときのことを思いましょう。そして抱きしめあって、名づけようもない不幸のなかに一緒に沈んでいきましょう。こんなことをやってみなくてはいけません。だから勇気をだして、私の大好きな毛深い年寄りの赤ちゃん。あなたのほろ酔い人形の熱い口づけを受けとってください。追伸。牡蠣を頼んでおきました。届くはずよ。モルがマックマンに週三、四回わたしした打ち明け話は、こんなふうにちょっと理屈っぽかった。たぶん彼女は普通の言い方で自分の感情を充分に表現するのに難儀していた。マックマンのほうは決して返事をよこさなかった。手紙を書くことがなかったという意味だが、それでもできるだけの手段を尽くして、手紙を受け取った喜びを表明するようにした。しかしこの恋物語も終わりに近づくと、つまり少し後では、ちょうど手紙をもらうのがまれになった頃、マックマンは自分の語彙をありったけふり絞り、面白いことに韻を踏んだ短い文章を書き始めて、恋人に贈るようになった。なにしろ彼は彼女が遠ざかるのを感じていたからだ。たとえば。

ほろ酔い人形と年寄りの赤ん坊

愛こそわれらの絆
長い人生の果てだもの
いつも愉快だったわけじゃない
ほんとう
いつも愉快だったわけじゃない

別の例。

われらを導くのは愛
手に手をとってグラスネヴァン墓地[20]に
最良の道
きみにとってもそうだろう
そうですとも
二人そろって思います

彼には、大体こんなような傑作を十か十二、作る暇があった。どれも例外なく愛を強調しているのが特徴で、この愛はいわば死ぬほど粘着質であって、神秘主義的な書物には頻繁に現れるものだ。そして、あれほど短期間で、はじめはむしろ受けつけなかったのに、これほど高尚な恋愛観に彼が到達しえたのは不思議だ。もし彼がここまで老いないうちに、ほんとうの性愛を知ったなら、彼は何をしでかしたかと思ってあれこれ夢想してしまう。

私は茫然自失する。言葉を失う。

確かに最初は受けつけず、モルに近づきたくないのははっきりしていた。特に彼女の唇が嫌悪を抱かせたし、わずかなちがいをのぞけば他のところも同じで、それを見ただけで彼は目を閉じるのみならず、両手をあててもっと安心できるように目を隠したが、数か月後には、彼は快楽にうなりながら、そんなところをすわぶることになるのだ。だからこの時期になると彼女のほうが飽くことなく情熱に身をまかせた。ついに意気阻喪して、彼女のほうが励ましを必要とするように感じるようになったのはなぜか、これで説明がつく。それが単に健康の問題にすぎなかったとすれば別だが、それでも次の仮説が否定されるわけではない。つまりマックマンのことを勘違いしていて、彼は結局彼女が思ったような人間ではなかった、とあるときからモルは判断して関係を終わりにしたかったたが、しかし不安を与えないように、穏やかにそうすることにしたかもしれないのである。不幸なことにここで問題なのはモルではなく、モルは結局ひとりの雌にすぎず、問題なのはマックマンであり、まだ関係は終わりではなく、むしろそれは始まりなのだ。遠く隔たったこの二つの極端のあいだに束の間訪れた充実の時期には、そのとき一方の増大する情熱と、もう一方のすでに少し冷めつつある情熱が、束の間同じ温度になったのだが、もう同じになることはなかった。なにしろ、前にはもっていなかったとか、もうもっていないとか言うためには、一度はもっていなければならないとしても、わざわざそれを強調して見せるには及ばない。とにかく、むしろ事実に語らせよう。およそこんな次第なのだ。たとえばある日、マックマンが愛されることに慣れ始めたそのとき、あとになって彼はそれに応えるようになるのだが、そのときはまだろくに応えず、彼は自分の顔からモルの顔を遠ざけた。耳飾りをよく見てみたいというのがその口実だった。しかし彼女が自分の仕事に戻ろうとしたので、彼はまた彼女を止めて、出まかせに尋ねた。なんでイエスを二つつけているんだ？　ひとつで充分だろうと言わんばかりに。それに対して彼女はおかしな答えをした。なぜ耳は二つあるのかしら？　しかしちょっとあとで彼女は謝った。微笑みながらこう言ったのだ（彼女は何でもないことで微笑んだ）。それにこれは泥棒たちで、イエス様は私の口のなかにあるの。同時に大きく口を開けて、突き出た下唇を親指と人差し指ではさみ、顎鬚のほうに引っ張り、単調に並んだ歯茎のあいだに突き出た長い黄色の犬歯を見せた。それは深いところまでむきだしになっていて名高い犠牲者の姿が彫刻してあった。たぶんドリルで彫ったものだ。毎日五回磨くの、傷がついたらすぐに一回。空いた手の人差し指で彼女はその歯を触って見せた。これがぐらつくの、そのうち目が覚めると飲み込んでしまっていたなんてことになるのが心配だわ、と彼女は言った。抜いてしまったほうがまし。下唇を放すと、洗濯ベラのような音をたてて、それがたちまちもとの位置に戻った。この小さな異変はマックマンに強い印象を残したし、モルのほうは愛情の勢いで前に飛び出した。そしてのちほど彼が彼女の口のなかに舌を入れ、歯茎の上で戯れて味わった歓びは、確かにこの味噌っ歯の十字架も放っておきはしなかった。しかしこんな無害な刺激物を欠いた愛など何だろう。それは物だっていいし、ガーターかもしれないし、脇の下でもいい。実は第三者のちょっとした姿でもいい。この関係の末路について最後に一言。いや、言えない。

自分の倦怠にあきてしまった。最後の白い月、わずかな後悔、そんなものでさえない。死んだということ、彼女の前、彼女の上、彼女とともに、そして回転すること、死んだ女の上の死んだ男、哀れな者たちのまわりで、もう決して死ななくていい、瀕死の者のあいだで。でさえない、それでさえない。私の月はこっちにあった。こっちの底のほうに。私が欲しいと思ったわずかなもの。そしてある日、もうすぐ、大地の夜、もうすぐ、大地の下、私のような、瀕死の者が言うだろう、地球の照り返しに、でさえない、それでさえない、そして死ぬだろう、後悔も見つけられずに。

モル。彼女を私は殺すだろう。彼女はいつもマックマンにかかりきりだった。しかしもう同じ女ではない。掃除を終えると部屋の真ん中で椅子の上に落ちついて、もう動かなかった。彼が呼べば、彼女はベッドに腰掛け、彼が触るのも許してやった。しかし彼女は別のことを考えているということ、彼女がしたいのはただ椅子に戻って、いつもの同じ動作を再開すること、つまり両手で、しっかり腹を押さえ、ゆっくり撫でること、それは明白だった。そのうえ彼女は臭い始めていた。いい匂いがしたことはないが、いい匂いがしないことと、この頃彼女が放っている臭いを放つこと、このあいだのちがいは大きい。おまけに彼女はよく嘔吐した。そのとき愛人には痙攣の運動に揺れる背中しか見せないように後ろを向いて長いあいだ床に吐いた。その吐瀉《としゃ》物を片付けて床を掃除する気力が出て来るまで、ときには何時間もそのままにしておいた。半世紀ほど若かったら、彼女は妊娠しているように見えたかもしれない。それに彼女の髪は大量に抜けて行ったので、マックマンに打ち明けたところでは、抜け毛が早まらないように、もう櫛を入れようとしないのだった。こうしたことはみんな彼女の顔色の変化に比べれば大したことではなかった。見る見るうちにそれは黄色からサフラン色に変わっていった。見る影もなくなった彼女が臭っても吐いても、マックマンはまだ腕に抱きたかった。彼女が逆らわなかったら、きっとそうしただろう。彼のことはわかる（彼女のことも）。なにしろ常軌を逸した人生で、ただ一度の相思相愛の愛が手の届くところにあったら、まだ遅すぎないうちに、それにあやかろうとするのは当然だし、生半可な人間にはありがちな嫌悪のせいで背を向けたりしないのも当然なのだ。ほんとうの愛にとってそんなことは問題じゃない。モルは気分がよくないことははっきりしていたが、マックマンはむしろ自分に対する愛が冷めたことを、彼女の様子を見て感じざるをえなかった。そしてたぶんそれが事実でもあった。いずれにしても、彼女がかがめばかがむほど、マックマンは彼女を胸に抱きしめたくなった。これはかなりまれな珍しいことで語っておく価値はある。そして彼女が彼のほうを向いて見つめたとき（彼女はまだときどきそうすることがあった）その目に彼は果てしない愛と悔恨を見るように思った。そこで一種の熱狂が彼をとらえ、彼は拳で自分の上体をたたき、頭を、そしてマットレスさえたたきはじめ、身をよじり、叫びをあげて、彼女が彼を哀れに思い、慰めようとし、目を拭いてくれることをたぶん願っていた。彼がなくなった帽子を要求したあの日のように。ところがちがっていた。彼は体をたたき、ねじり、見境なく叫んだ。なにしろ彼女は彼をしたい放題にさせておき、あまり長いことそれが続いたと思ったら、自分は部屋の外に出さえした。すると彼は逆上してひとりで続けたが、これは無心でやっている証拠だったのか。しかし彼女がドアの向こうで立ち止まって彼の様子に耳を傾けているのではないかと思っていたかもしれなかった。やっと落ち着いて、あるいはへとへとになったのか、彼は長いあいだ、保護施設や、慈善事業や、人間的な思いやりを免れてきた特権が失われたのを後悔していた。そして浅知恵を膨らませて、どういう権利があって彼の面倒をみてくれるのか自問した。一言でいえば、マックマンにとって不幸な日々が続いた。モルにとっても、厳密に言えば、もちろん、お望みならば、同じことだった。この頃彼女は犬歯を失い、それは幸いにも昼間に歯槽からひとりでに外れたので、彼女はそれをつまみだし、なくならないようにとっておいた。彼女がそのことを教えてくれたとき、マックマンは独り言《ご》ちた。前なら彼女は私にそれをくれただろうし、少なくとも見せてくれただろう。しかし、続けて、まずこうつぶやいた。彼女は私に黙っておくこともできたはずだ。だからこれは愛情と信頼のしるしだ。第二にこうつぶやいた、しかしいずれにしても、彼女が話そうとして、あるいは微笑もうとして口を開けたならわかったことだ。そして最後につぶやいた、彼女はもう話すことも微笑むこともない。ある日、朝早く、彼の見たことのない男がやってきて、モルが死んだと彼に告げた。またひとり始末されてしまった。私の名はレミュエルだ、と彼は言った。たぶん両親はアーリア人なんだが。これからは私があんたの担当だ。ほら、あんたのお粥だ。熱いうちに食べな。

もうひとがんばりしてみよう。レミュエルは性悪というよりは、むしろちょっと愚かに見えたが、性の悪さははっきりしていた。マックマンがどうやら自分の状況がますます心配でならなくなり、結局頭をよぎった些細なことを少しだけ、理解されるに充分な程度にまとめて表現できるようになったとき、いわばマックマンが情報を求めたとき、即座に答えが返ってくることはめったになかった。たとえばサン＝ジャン＝ド＝ディユは、民間の施設なのか、それとも共和国の付属施設なのか、それは老齢者と障害者の養護施設なのか、精神病院なのか、一度収容されても、いつか外に出る望みはあるのかどうか、答えが肯定ならば、そのためにはどうすればいいか。レミュエルは長いあいだぼうっとしていて、十分、ときには十五分も動かず、ときには頭や脇を掻いて、まるでこんな質問は理解の埒外であるかのように見えた。あるいはたぶんまったく別のことを考えていた。そしてもしマックマンが待ちきれずに、あるいは自分の言い方が悪かったと思って、あえてまた口を開くと、レミュエルは横柄な仕草でそれを遮った。ある角度から見ると、レミュエルはそんな人間だった。あるいは言いがたい神経のいらだちに地団太をふんで叫んだりもした。考えさせてくれよ、こん畜生！　たいていい最後には、何もわからないと言って終わった。ほとんど軽躁病的なご機嫌状態になることもあった。そういうときはつけ加えた。聞いてくるからな。そしてまるで航海日誌みたいに大きい手帳を出すと、つぶやきながらメモした。民間か国営か、狂人か正常か、どうやったら出られるか等々。するとマックマンは、もうそれについての答えはこないと確信するのだった。起き上がってもいいかい、とある日彼は言った。前にモルが生きていたときも、何度も起き上がって外の空気を吸いたいという望みを告げた。おそるおそる、まるでありえない願い事でもするように。その結果わかったことは、まさに彼がおとなしくしてさえいれば、ある日、立ち上がって、外にだって出て、高原の清らかな空気を吸うことができるということで、その日には、明け方業務を始める前と、就寝前やいろんな機会に施設の職員全員が集まる大部屋の掲示板に、こんな通知がピンで留めてある。一七六番は起き上がり、外出すること。なにしろモルは、規則に関することでは厳格なところを見せつけ、彼女の声は、同時に心のなかの愛の声が聞こえても、それに蓋をしてしまうのだった。たとえば管理側では規則にしたがって牡蠣を食べることを禁止していたが、彼女は外部の誰かとつるんで、簡単に手に入れることができただろう。ところがマックマンは決して実物を見たことがなかった。しかしこの点でレミュエルの気質はちがっていて、規則にうるさいどころか、まったくいい加減にしか規則を知らなかった。もう少し高所から見てみるなら、自分のことを意識しているかどうかも、そもそも怪しかった。考えることの苦しみでその場に何分間もくぎ付けになるのでなければ、重たげな、怒り狂ったような、ぐらつく動作で、たえず行ったり来たりして、何かの身振りをし、わけのわからない言葉を乱暴に発した。思い出したことで生皮を剝がれたようで、精神にはコブラがうごめき、夢想も思考もしようとはせず、だからといって自分を守ることもできず、彼の叫びには二種類あった。ひとつはもっぱら精神的苦痛に由来するもの、もうひとつは、あらゆる点で似たようなもので、叫ぶことによって精神的苦痛に備えようとしたのだ。肉体的苦痛のほうはかえって彼にはありがたい救いになったようで、ある日彼はマックマンに、ズボンのすそを上げて、青あざ、傷痕、擦り傷に覆われた向う脛を見せたのだ。ついで内ポケットから素早く金槌を出して古傷のあいだに激しい一撃をくらわせて、後ろにひっくり返った。しかし彼がこの金槌で、自分から一番好んでたたいたのは頭だった。これはわかりやすい。なにしろ頭は骨ばった部分で感じやすく、たたきやすいところでもあり、それに、そのなかにこそあらゆる破廉恥やごみくずがつまっているわけだ。そこでたとえば足なんかではなく、喜んで頭をたたく、害はない、まったく人間的なことだ。立ち上がってもいいかい？とマックマンは叫んだ。レミュエルはじっとしていた。なんだってと彼はうなった。立ち上がる！とマックマンは叫んだ。立ち上がりたいんだ！　立ち上がりたいんだ！

誰かやってきた。いい気分だったのに。私は忘れられ消えていた。そうではない。いい気分だった。どこかよそにいた。苦しんでいるのは他人だった。そこに誰かやってきた。私が死に瀕していることを思い出させるために。もしかすると彼らにはこれが面白いのか。実は、彼らはわかっていない、私もわかっちゃいない。でも彼らはわかっていると思っている。飛行機が飛んでいく、低空飛行だ、爆音を立てて。これは爆発なんかではなく、爆音などというが、みんなそんなふうに思っちゃいない。すぐ止んでしまう、けたたましいだけで、特別何かに似ているわけでもない。私の知るかぎり、ここでそれを聞くのははじめてだ。他で飛行機の音を聞いたことがある、飛ぶのを見たこともある。最初の飛行機も、それから結局は最新型のも飛ぶのを見た。お、いちばん新型ではなく一つ前の型、いやその前の型を見た。それればかりか。私は最初の宙返りのひとつの目撃者だ、誓ってもいい。怖くなかった。それは競馬場の上空だった。母と手をつないでいた。母は言っていた、すごいわね、すごいわね。そこで私は考えを変えた。めったに意見があわなかったのだ。ある日一緒に、たぶん家の近くの険しい坂道を上った。いくつかの坂道が記憶のなかで、こんがらがっている。私は青空を思い出す。空は、みんなが言うよりも、ずっと遠くにあるんじゃない、ママ？　私は悪気なしに言ったんだ、ただ勝手に空と自分を隔てる何マイルもの距離を思っていただけだ。彼女は答えた、ちょうど見えるとおりに遠くにあるのよ。彼女は正しかった。しかしそのときはまごついた。まだその場所を覚えている。タイラーの家の正面だった。野菜を栽培しているタイラーは片目で頬髯を生やしていた。その調子。話を続けるんだ。海、島、岬、地峡、南北に延びる沿岸、港の湾曲した防波堤が見えた。肉屋から出てきたところだった。私の母は？　たぶん誰かが面白いと思って聞かせてくれた話だ。そういう話をしばらく聞かされた。いつだって面白かった、どれも面白かった。いずれにせよ私の話はでたらめだ。例の飛行機はたぶん時速二百マイルで飛んで行ったところだ。この時代にしてはずいぶんな速度だ。飛行機と私はうまがあう。言わずと知れたことだ。それにしても私は、なんとでも、うまがあったのだ。肉体の相性ではない。そこまで馬鹿ではない。とにかくここに予定表がある。予定は終わりだ。奴らは私を混乱させることができる、そして私が予定を見失うだろうと思っている。ほんとうに馬鹿な奴らだ。彼はここにいる。見回り、いろんな指示、マックマンの続き、それからできるだけ長くマックマンと臨終のごちゃ混ぜ。私とは無関係だ、鉛筆の芯はいつまでももつわけではない。ノートだってそうだ。マックマンだってそうだし、見かけによらず私だって同じだ。みんないっぺんに消えてくれ、さしあたって私の望みはそれだけだ。意外なことがなければ。もちろん。私たちに意外なことなんかない。見回り。私は頭を一撃されたように感じた。たぶん、彼はもうしばらく前からそこにいたのだろう。待つのは不愉快だ。できるだけ自分の存在を知らせるのは、あたりまえだろう。彼はたぶん、すでにいつもの点検を終えていた。彼の望みが何だったのかわからない。いまはもう去ってしまった。それにしても私の頭をたたくなんて、どうかしている。あれからここの光が奇妙だ。おお、何もほのめかしてはいない。かすかな、同時にまぶしい光だ。たぶん彼は私をほとんど失神させた。彼の口があき、唇が震えていた、しかし私には何も聞こえなかった。まるで彼が何も言わなかったようだ。しかし私はつんぼじゃない。飛行機の音でわかる。何も聞こえないのは、何も音がしていないからだ。たぶん私はいつからか、特に人間のたてる音には、あまり反応しなくなったのだ。たとえば私自身が、もうぜんぜん音を出さない、やれやれ、仕方がない、ぜんぜんだ。それなのに私は、耳のすぐそばで、呼吸し、咳をし、呻き、飲み込んだりしている。確かにそうだ。要するに私は何をありがたがればいいのかわからない。彼はあわてている様子だった。彼のことを描写すべきなのか。いいだろう。たぶん彼にはそれなりの地位がある。そんなふうに見えた。仕立ては時代遅れだったが黒の上下、あるいはたぶん一巡りして流行りになったものだったのか、黒いネクタイに、雪のように白いシャツ、道化のような袖飾りは糊がききすぎで、ほとんど両手が隠れ、てかてかの黒い髪、髭がなく生気もない面長の顔は粉をまぶしたようだ。どんよりした黒っぽい目、背丈と肉づきは人並みで、山高帽を指先でまず下のほうを注意深く押しつけ、ついで素早い動作で、驚くほど几帳面にかぶった。ポケットの隅から、折り尺と白いハンカチの端がのぞいていた。最初私は、彼のことを葬儀会社の社員かと思ったが、いきなり邪魔されたのが気に入らないふうだった。彼はしばらくのあいだ、少なくとも七時間消えなかった。たぶん出発前に私が他界するのを見て安心したかったた、そうすればおそらく右往左往しなくて済んだからだ。一瞬私は、彼が私をあの世に送るのかと思った。お生憎さま。それは罪なことだ。彼はその日の任務を終えて、六時には退出する予定だった。あれからここの明かりの具合がずっと変だ。つまり彼はまず立ち去り、数時間後に戻り、それから立ち去って、もう戻らないはずだった。ここには九時から十二時まで、そして十四時から十八時までいなければならなかったはずで、その通りにした。しきりに時計を見た、古めかしい懐中時計だ。たぶん明日また戻って来るだろう。確か朝の十時ごろドアをたたいた。午後は何もしてくれなかったが、すぐには彼が目に入らなかった。目に入ったときは、もうそこに、ベッドのわきに立っていた。私は午前と午後、そしてしかじかの時刻について喋っている。誰かのことをどうしても喋りたいなら、その立場に自分をおいて見なければならない。それほど難しいことじゃない。決して喋ってはいけないのは自分の幸福のことだ。さしあたって他には何も思いつかない。思いつかないに越したことはない。私のベッドのわきに立って、彼は私をじっと見ていた。私の唇が動くのを見て、なにしろ私が喋ろうとしたので、私のほうにかがみこんだ。彼に要求したいことがあった、たとえば私の棒をもってきてくれるように頼みたかった。断られたかもしれない。そのときは両手をあわせ、涙を浮かべて、このささいな望みを聞いてくれるように懇願したかもしれない。声が出なくなったので、私はこんな恥さらしをせずにすんだ。私は声を失った。あとはどうにでもなれ。ノートに書いて見せることだってできた。どうか私の棒を返してください。あるいは、私の棒をよこしてくださるとありがたいのですが。しかしノートは毛布の下に隠しておいた、彼に盗まれないように。彼はもうしばらくここにいたのだから（でなければ彼は私を殴ったりしなかったはずだ）、私が書くのを見ていたはずだということは考えもしなかった、なにしろ彼がやってきたとき、私は書いている最中だったにちがいない。だから当然のこと、彼は望むなら私のノートを奪うことも簡単にできたはずだ。私がノートを隠しているときも目撃されていたし、したがって実は、隠しておきたいものに彼の注意をひきつけているだけだったのに、そんなことは思いもよらなかった。これが私の推理したことだ。なにしろ私の持ち物のうち、もうノートしか残っていなかった、だからそれを大事にする、人間的じゃないか。鉛筆の芯だって、もちろん同じこと、しかし紙がなければ、芯が何の役に立つのか。昼食をしているあいだ、彼はつぶやいたにちがいない。今日の午後、あいつのノートをとりあげてやる、あいつはずいぶん大事そうにしている。しかし彼が戻ってきたときノートは、前に私がおいたところにはもうない、上には上があるんだ。奴《やっこ》さんの傘？　そのことを喋ったっけ？　先のとがった傘で、何分かおきに手から手に持ち替え、ベッドのわきに立って彼はその傘にもたれた。そして傘を畳んだ。それを使って、私の毛布をめくった。私を殺すのかと思った、とがった長い尖端で、私の心臓をぐさっとやるだけでよかった。故意の殺人と言われよう。たぶん明日、道具をそろえ、助手でも連れて、すっかり様子のわかった現場に戻ってくる。しかし奴が私を見つめるなら、私だって見つめてやる。文字通りまばたきもせずに、何時間も私たちはにらみあったと思う。たぶん彼は私が目を伏せるだろうと思った、年を取っているし病弱な私だ。哀れな馬鹿もの。こんな虫けらにしばらくお目にかかっていないから、定石通りに、私は目を光らせて災いを避けなくてはならない。いつかこいつらは枝や葉まで全部食い尽くしてしまう、と私はつぶやいた。それにあの顔といったら！　忘れていた。あるときおそらく臭いに気分を損ねて、彼はベッドと壁のあいだに割り込み、窓を開けようとした。窓は開かなかった。朝のうち私は目を離さなかった。しかし午後には少し眠った。このとき彼が何をしたのか知らない、たぶん傘を使って私の所持品を調べた。いまはそれらが床に散らばっている。一瞬思ったが、彼は私の葬式をやろうとして急いでいたのだ。いままでここで私を生かしてくれた連中が、おそらくなけなしの弔いで私が埋められるのに立ち会うだろう。ついにマロウン、ここに眠る。日付けが記してある、当人がすごしてきた時間が少し想像できるように、神の許しを受け、そして島にも他界にもたくさんいる同名の人間たちから区別がつくように。奇妙なことに、私の知るかぎり同じ名前にお目にかかったことはない。時間はある。哀れな馬鹿ここに眠る、こいつにとってはすべてが冷たい風だった。しかしほんの短いあいだ、つまりせいぜい半時間しかない。それから私は、彼の仕事は別の種類のものだと思ってみた、どれだってがっかりするようなものにちがいない。その人間が何者か、仕事は何か、自分に何を望んでいるのか、そんなことを知ろうという欲求は不思議だ。さりげなく喪服を着て、傘をいじっていたし、山高帽をかぶって目立つ癖もあったが、しばらくのあいだ私にはまるで彼が変装しているように見えた。それにしても何から何に変装したのか。あるときはまた彼は恐怖に襲われていた、呼吸が早くなり、ベッドから離れた。そのときである。私は彼が黄色い靴を履いているのを見た、その印象といったら、言葉ではほんのちょっとも表現できない。その靴は生々しい粘土にまみれていて、私はつぶやいた。いったいどこのぬかるみを通って、奴はここにたどり着いたんだ。彼には何かはっきりした目標があったのか、ぜひ知りたいものだ。私はノートの一ページをもぎとって、記憶に頼って、次に起きることを記録しておくだろう、それを明日あるいは今日、あるいはいま以降いつでも、彼が戻って来るなら見せてやるためだ。(1)あなたは誰？　(2)何をしているんですか？

(3)何をお望みですか？　(4)何か特別に探していることがありますか？　他には何を？

(5)なぜ怒っているんです？　(6)私が何かしましたか？　(7)私のことを何かご存じか？(8)私をたたいたりしてはいけなかった。(9)私の棒をよこしなさい。(10)あなたは自分のために働いているのですか？　(11)でなければ誰があなたを派遣したのか？　(12)私の持ち物を元通りにしてください。(13)どうしてスープが給仕されないのか？　(14)私の便器をどうしてきれいにしてくれないのか？　(15)私がまだ長く生きていると思いますか？(16)願い事をしてもいいですか？　(17)あなたの状況は、私のそれでもありましょう。(18)なぜあなたの靴はそんなに黄色なのか、それにどこでそんなに汚してきたのですか？(19)鉛筆のちびたのでもいいからくれませんか？　(20)あなたの答えに番号をふってください。(21)行かないで、まだ願い事があります。紙が一枚あればいいかな？　もうほとんど残っていないはずだ。ついでに消しゴムも頼もうか。(22)消しゴムを貸してくれませんか？　彼が行ってしまってから私は独り言《ご》ちた。そうだ私はどこかで彼に会っている。しかし私が会った人物なら、まちがいなく、あちらだって私に会ったはずだ。しかし誰とは言えない。私は奴を知っている。みんなどうでもいいことだ。それに夜になれば、朝は遠くなる。私はもう彼になじんでいた。もう彼をじろじろ見たりしなかった。彼のことを考えて、理解しようとした、そうしながら同時に彼を見るなんてことはできなかった。彼が行ってしまったときさえ気づかなかった。おお、彼は虫けらのように姿をくらましてしまったわけじゃない。彼が懐中時計を出したときは、あれが、鎖の音が聞こえたし、床にぶつかる傘の満足そうな音も聞こえた。回れ右して、急ぎ足でドアのほうに行き、音もなくドアが閉じ、最後に、あえてそんなことまで言うならば、軽快で陽気な口笛が遠ざかるのも聞こえた。何か言い忘れたことがあったか？　ちっぽけなこと、なんでもないこと、それらを後で思い出し、いましがた起きたことがもっとはっきりわかってきて、私は言うだろう、ああ、あのとき気づいていたら、いまじゃもう遅すぎる。そう、少しずつ彼がどんな様子だったか、またはどんな様子であったにちがいないか、ありのままに見えてくるだろう、それで私はつぶやくのだ。またか、遅すぎる、遅すぎる。これは感じたままだ。あるいはたぶんそれは、毎回異なる一連の来訪のうち最初の回にすぎなかったかもしれない。彼らはたぶん次から次へとやってきて、大勢だった。明日たぶん彼はレギンス、乗馬ズボン、格子模様の帽子で身を固め、手には傘のかわりに鞭をもち、ボタンホールには蹄鉄でもぶらさげているだろう。私がいままで近くから遠くからかいま見たことのある人々が全員、いまから行進するかもしれない。これは明らかなことだ。たぶん女や子供だっているだろう、このことにも気づいたんだが、彼らはみんな体を支える杖のようなものをもっていて、私の持ち物をかき回し、みんな唐突に私の頭をたたくことから始め、あとは一日中、怒りと嫌悪を感じながら私を見つめてすごすのだ。ひとりひとりみんなが答えられるように、私は質問リストを作り直さなければならない。たぶんある日ひとりぐらいは指示を忘れて、私の棒を返してくれるだろう。でなければ、たぶん誰かを、たとえば小さな女の子をつかまえて、半殺し、というか四分の三、首を絞めて無理やり承知させる。この子は棒をとってきて、スープを給仕し、便器を掃除し、私を抱き、撫で、微笑み、帽子を戻し、私に付き添い、ハンカチで涙を拭きながら、葬列にしたがう。私は根はこんなに善良なのだ、こんなに善良なので、誰だって気づいたはずだ。小さな女の子がいい、私の前で裸になって、私と寝て、私だけを相手にし、彼女が行ってしまわないように、私はベッドをドアにくっつけるが、そんなことをすればこの子は窓から身投げしてしまうだろう、この子が一緒だとわかれば、二人分スープをくれるだろう。私はこの子に愛と憎しみを教えるだろう、彼女は決して私を忘れない、私はうっとりして死ぬだろう、私の言いつけにより、この子が私の目を閉じ、尻に詰め物をする。興奮するんじゃないよ、マロウン、興奮するな、人でなし。実は、人間はくたばらずに、どれくらい断食できるものなのか。コークの市長はいつまでも続けたものだ、しかし彼は若かった、それに政治的信念があった、ただの人間的信念であったかもしれないが。それに彼はほんの一滴の水だけは口にした。おそらく砂糖入りだった。頼むから、何か飲ませてくれ。それにしても喉が渇いていないのはどうしたことか。体内の分泌物で補給しているにちがいない。そう、少し自分のことを話そう。このうんざりすることどもを少し忘れるために。何という明かり。これは天国の前ぶれか？　私の頭。燃えている、煮えたぎる油でいっぱいだ。私は何が原因で旅立とうとしているのか？　頭に血が上った？　もうこらえきれない。確かにこの苦しみはほとんど耐えられない。燃えるような頭痛だ。死は私を他人とまちがえたにちがいない。いかれたのは心臓だ、マッチ箱の王様の胸みたいだ、シュナイダーだったか、シュローダーだったか、もうわからない。とにかく心臓も熱くなり、赤くなり、心臓にとっては自分も、私も、彼らも、みんなが恥だ、どうやら動悸がすることだけはのぞいて。なんでもない、ただ神経が苛ついているだけだ。そしてたぶん私にまず起きることは、何よりもまず呼吸困難かもしれないのだ。ひとつ白状するたびに、その後も前も、その最中も、なんという目まぐるしいぶつくさ。窓が夜明けを告げ、ちぎれた雨雲が逃げ去っていく。せいぜい楽しむがいい。この赤々と燃える影からは遠くで。そう、息がうまく吐けない、胸は大きく膨らんだまま、空気がしめつける、たぶん少し酸素が足りない。小人のマックマンが、しきりに揺れる大きな黒松の下で、遠くの荒れた海を眺めている。他の連中もそこに、あるいは私と同じ窓際にいるのだが、彼らは立っている、彼らは動けるはずだ、そうでなくちゃならない、少なくとも動かすことができる、いやそうじゃない、私と同じで動かせない、彼らは誰にも何もしてやることができない、震えるポプラにしがみついているだけ、あるいは窓にしがみついて聞いているだけ。しかしたぶんまず私が自分にけりをつけるのがいい、もちろん可能なかぎりで。確かに体がふらつくのは気がかりだ、しかしどうやらますますふらつくばかりだろう、これも考慮しなければ。メモしておこう、質問リストに加えること。もしかしてマッチをおもちなら、どうぞ火をつけてみてください。彼が私に話しかけたとき、何も聞こえなかったなんて、口笛を吹きながら去って行ったときにやっと聞こえてきたなんて、一体どういうことだ。たぶん彼は私に話しかけるふりをしたにすぎない、私がつんぼになったと思わせようとして。いまこの瞬間に私には何か聞こえているだろうか。ほらね。聞こえない。風も、海も、紙も、苦しみぬいて吐き出す息も。それなら、ささやく群衆のようなあの無数のさざめきは？　わからない。遠くにある自分の手で残ったページを数える。大丈夫。このノートが私の人生だ、この分厚い子供用ノート、これを受け入れるには時間がかかった。しかしこれを棄てはしない。なぜなら、私が助けを求めた連中を最後に記しておきたい、しかしうまくいかない、だから彼らは気づかなかった、私と一緒に死ぬはずだったのに。休憩。

長いシャツの上に、くるぶしまで届く縞模様の大きなケープをはおり、モルが直してくれた帽子をかぶり、マックマンはどんな天気でも、朝から日暮れまで野外で過ごした。何度か、闇のなかをランタンをもって、彼を個室に戻すために探しに行かなければならなかった。なにしろ彼には鐘の音も、まずレミュエルの、それから他の警備員たちの叫びや怒鳴り声も聞こえなかった。白衣を着た警備員たちが、棒とランタンをもって扇状に建物から遠ざかり、やぶの中や羊歯の茂み、木立を歩き回って、逃亡者の名を呼び、すぐに戻らないと厳しいお仕置きを受けると脅した。しかし最後には彼が隠れているのを見つけた、彼が隠れるのはいつも同じところで、こんなに大勢で探す必要はなかった。そのときからレミュエルがひとりで静かにそこに向かい、自分の義務を心得ているときいつも彼はそうしたが、まっすぐいつもの茂みに行き着いた。マックマンは必要なときにはいつもそこに隠れ家を掘っていた。なんてことだ。そしてしばしば二人は帰る前に、そこに、その茂みのなかに、向き合ってしゃがんで、しばらく一緒にいた。なにしろ隠れ家は小さかった、何も言わずに、夜のざわめき、みみずく、葉を揺らす風、聞こえるほど荒れているときは海、さらに何の音かわからない他の夜のざわめきを聞いた。そしてマックマンがもうひとりでいられないのが嫌になって立ち去り、自分の部屋に戻ろうとし、レミュエルがしばらくしてから彼に追いつくこともあった。そこはイギリスから遠かったがほんもののイギリス式庭園で、信じられないほど荒れ放題になっていた、そしてすべてが貪りあうように繁茂しあって、大きな木々も、灌木も、野生の花々や雑草も、土と光を死に物狂いで求め、争いあっていた。ある夕方マックマンは枯れた茨からもぎ取った枝をもって帰ろうとしていた、それを杖にして歩こうとしていた。レミュエルはそれを奪い、しばらくそれで彼をたたいた、いやそうじゃない、レミュエルはパットという名の警備員を呼んだ、見かけはひ弱そうだがほんものの荒くれだった、そして彼に言った、パット、これを見ろ。するとパットはマックマンの手から枝をもぎ取ろうとした、マックマンはどういうことになるか気づいて枝を固く握りしめていた。パットはそれで彼をたたき、レミュエルがやめろと言うまで続け、そのあともまだ続けた。これらはみんな少しも説明なしに行われたことだ。しばらく後でマックマンは、散歩の途中にヒヤシンスを球根や根と一緒に抜いてもってきた。こうすれば花だけ摘んでくるよりも少し長持ちするだろうと思ったが、レミュエルに口汚く罵られ、手からきれいな花を奪われ、またジャックにやらせると脅かされた。いやジャックではなくパットだ、ジャックは別の警備員だ。しかし月桂樹のような灌木にまぎれて隠れようとしてすっかり荒らしてしまったことでは、少しも叱責されなかった。これは驚くことでもない。彼を責める証拠がなかった。仮にこのことで尋問されても、何も悪いことはしていないと信じて、もちろんほんとうのことを言っただろう。しかし施設の連中は、マックマンは否定するか、嘘を言うだけだと思っていたにちがいない、だから彼を質問攻めにしても意味がないと。そもそもサン＝ジャン＝ド＝ディユでは決して尋問なんかしなかった。ただ単に厳罰に処するか、特別な理屈をつけた理由書で免除した。なにしろよく考えてみると、花を手にもっているからといって、その所持者が花を摘んだという過失を犯したと決めつける権利が誰にあろうか。それとも堂々と手にそれをもっているという事実だけで、盗みに等しい充分な犯罪になるのか。その場合はこのことを率直に正々堂々と当事者に教えてやり、過失を犯したあとで過失の意識をもたせるよりも、まず過失の意識をもたせるのがいいのではないか。こうしたほうが、問題を正しく扱うことになるように思う、非常に正しい。肉屋の仕事着のような青と白の縞の入ったケープのおかげで、マックマンの側と、別のレミュエル、ジャック、パットたちの側の区別が紛らわしくなることはなかった。鳥たちがいた。密生した草叢にたくさんいろんな種類がいて、一年じゅう安心できて、仲間以外に心配をかけるものはなく、大まかに言えば、夏か冬に遠くの空に渡った鳥たちは、次の冬か夏に戻ってきた。特に明け方と暮れ方、大気は彼らの声でひしめき、カラスやムクドリのように朝、群れを成して出かけ、遠くで飛び回る鳥たちは、日暮れには実に楽しげにねぐらに戻ってきた。そこには見張り番の仲間たちが待っていた。嵐のときにはカモメが集まり、内陸に逃げていく前にここらで休んだ。カモメたちは長いこと、いきり立って叫び、邪険そうに空を長いこと飛び回った、それから草のなかや建物の屋根に落ち着いたが木々を警戒していた。しかしこうしたことはみんな、他と同じで本題から逸れている。すべて口実にすぎない、サポも、鳥たちも、モルも、農民たちも、町に来て探しあったり、隠れあったりする連中、私にとってどうでもいい疑問、私の状況、所持品も、みんな真実に、諦めに行き着かないようにするための口実だ。親指をあげ、たんま、と言いながら、腕白小僧たちからにらまれることになっても煙に巻いてずらかる。そうは言っても、全部棄ててしまうことは難しい。さんざん侮辱にさらされてきた目が、最後の祈りで、あさましくも、ずっと長いこと祈ってきたことすべてを思って愚図ついている。最後にやっとほんとうの祈りだ、もう何も望まない。やっとそのとき、ちょっと願いをかなえるふりだけして、もう死滅した願いを甦らせ、沈黙の宇宙に呟きが生じ、親し気に非難してくる。あんたは絶望するのが遅すぎたんだ。臨終の聖体拝領としては最高だ。もう一服吸おうじゃないか、きれいな空気を

それでも私は続けてみよう。高原の澄んだ空気。確かにそれは高原で、モルの言ったことは嘘ではなかった、むしろ緩やかな傾斜のある高地というべきか。サン＝ジャンの敷地はその頂のところ全体を占めていて、いわばたえまなく風が吹き付け、ずいぶん頑丈な木々をたわませ、軋ませ、枝をもぎ取り、やぶを揺さぶり、羊歯を荒れ狂わせ、草を倒し、葉も花もまるごとさらっていく、これで何も忘れずに記したはずだ。さて。高い城壁がまわりを囲んでいたが、近所の住人の目を遮っているだけだった。どういうわけか。つまりまさに敷地内に高くなっているところがあって、「岩場」と呼ばれるところがその頂点で、文字通りそこには岩があるのだが、そこから平地、海、

山、町の煙、施設の建物が見渡せた。それらの建物は遠く離れていても重々しく巨大に見え、そこからひっきりなしに小さな雪のかたまりみたいなものが現れては消えていたが、実はそれは巡回する警備員たちで、たぶんそのあいだに囚人が混じっている、と私は言おうとした。なにしろこの距離から見ると、ケープの縞は見えず、ケープらしくも見えず、最初の驚きがおさまった後はただこう言うしかなかった。あれは男たち女たち、とにかく人間たちだが、それ以上ははっきりわからない。ところどころに一つの川が見え隠れした。しかしもちろんこれは自然のなす業だ。そもそもあれの水源はどこなのか、私は自問する。おそらく地面の下だ。慎みのない言葉が好きな連中にとっては、要するにここは小さなエデンの園なんだ。マックマンはときどき彼の幸福にいったい何が欠けているかと自問した。どんな天気でも、朝から日暮れまで野外にいられる権利、彼を包み、隠すために、まるで枝々を差し出してくれるような植物、安心できるただのねぐらと食事、常に現れる四方の敵を警戒できる素晴らしい見晴らし、最小限のいじめと虐待、小鳥たちの歌、レミュエルをのぞけば人間とのつきあいはなく、彼に会うのも最小限でいいこと、たえまない歩行と強風のせいで損なわれた記憶と思考の能力、死んだモル、他に何を望むことがあっただろう。私は幸せなはずだ、と彼はつぶやいた、思ったほど愉快じゃないが。そして彼はますます城壁のそばに行くようになった、見張りがいたのであまり近づくことはなかったが、誰もいなくて何もない悲しみへの出口、パンが乏しく、怯えるものにとって隠れ家もめったにない大地への出口、知識や美や愛があっても、何もできず、何も望まず、ひとりで空しく時をすごす暗い歓びへの出口を探していた。もうたくさんだ、と言いながら、彼が表現していたのは、このことだった。なにしろ彼は単純で、もうたくさんと思った当のことを一瞬たりともよく考えてみることをしなかったし、以前にも失《な》くしてしまう前にもうたくさんと思っていたことと、それを比較することもなく、そして再び手に入れたものの、もうたくさんと思うはずのこととも比較することがなく、しばしばもうたくさんと感じたことは、その言い方は実に様々であるが、たぶん実はひとつのことにすぎないとは思ってもみなかった。しかし誰かが彼にかわって、それをよく考えてみて、冷酷に、等号を書き込むべきところに書き込んでやった、あたかもそうすれば何かが変わるかのように。したがって彼はこの単純で愚かな息切れ状態で満足することができた、たくさんだ、たくさんだ、そのあいだも植物で覆われた城壁の内側をゆっくり回り、闇に乗じて忍び込める割れ目や、よじのぼることができる凹凸を探したりした。しかし城壁は完璧で、滑らかで、その上をガラスの破片がとりまいていた。ところでちょっと鉄柵の門を見てみよう。二台の大きな車が同時に通れる広さで、見栄えのいい小さな家が両側にあった。手付かずの葡萄に覆われ、近くで遊ぶ無邪気な子供たちの群れから想像するに、どっちにも大人数の家族が住んでいた。子供たちは追っかけあい、喜び、怒り、痛みの甲高い叫び声をあげた。しかしマックマンはあらゆる方角から空間に取り囲まれて、たぶんあの子供たち、家々、あの鉄格子などからなるほとんど動かない無数の物体や、もがきあう体と一緒に、罠にかかったようだった。それぞれの瞬間は、漏出や激流からなる混沌とした大きな流れのなかにある事物から滲み出てくるようだった。たがいに締め付けあって身動きのとれない事物は、それぞれ自らの孤独にしたがって変化し死滅して行った。鉄柵の向こうの道路をいろんな形が通って行ったが、鉄格子のせいでそれが何かマックマンにはよくわからなかった。それは彼の背後や脇で震えたり怒ったりしているものすべてのせい、叫び、空、彼にくたばれと催促している大地、彼の長い盲目の人生のせいでもあった。家の一つから警備員が出てきた。たぶん電話で知らせを受け、白衣を着て、手に長い黒いもの、鍵をもっていた。子供たちが小道の両側に並んだ。突然女たちが現れた。すべてが固まり静かになった。重たい扉が開いて男を押し返し、彼はまず後ずさりし、それから半回転し、急いで入口に戻った。道路が見えた、埃で白く、暗い色の群れが並び、そのすぐ先は狭い灰色の空で覆われていた。マックマンは、彼を隠してくれた木から手を放し、坂道を上った。走ったわけではない。彼は歩くのもやっとだったからだ。しかしできるだけ早く、体をかがめ、潜りこむようにして、彼が前進するのを助けようとした幹や枝にすがりながら進んだ。少しずつ霧が濃くなり、空漠とした感じも強まった。囚われ人たちはそれぞれに心のなかで、またつぶやき始めた。つまり何も起きなかったようだったし、これからも決して何も起きないかのようだった。

マックマン以外の者たちも、重たいケープに身をかがめて、朝から夕方まで、わずかしかない林間の空き地や、空を蔽っている木々のあいだや、高く伸びた羊歯のあいだをさまよった。彼らはそこを泳いでいるようだった。もともと少人数だったし、庭園の広さからしても、たがいに近づくことはめったになかった。しかし偶然二人か、それ以上が、気づかざるをえないほど接近すると、彼らはいそいそと引き返し、そうはしないまでも方向を変えた。まるで仲間に姿を見せるのを恥じているように。しかしときどき彼らは、気づかないように見えても、頭を大きな頭巾のなかに埋めたまま少し触れあった。

マックマンはモルにもらった写真を身に着けていて、ときどきそれを見た。たぶんそれは銀板写真だった。彼女は椅子の横に立っていて、手のなかに長いお下げを握っていた。後ろには格子組みのようなものがあって、そこを花が、たぶん薔薇がよじのぼっていた。花にはよじのぼる習性がある。この思い出の写真をわたしながら彼女は言った。十四才だったの、あの日のことはよく覚えてる、夏の日で、私の誕生日だったの、あとで人形劇に連れていってもらったわ。マックマンはこの言葉をよく覚えていた。この写真で好きだったのは椅子で、それはどうやら麦藁でできていた。モルは大きな出っ歯を隠そうとして一生懸命に唇を固く締めていた。薔薇もきれいだったにちがいない、いい香りがしていたにちがいない。マックマンは結局この写真を破り、千切れた破片を放り投げた、その日は強い風が吹いていた。すると破片はみんな同じ条件にしたがいながらも散らばっていった。まるで急いでいるようだった。

雨が降ったときは、雪が降ったときは

本題に戻ろう。ある朝レミュエルは、仕事を始めるあいだに大広間に行き、規則通りに、彼に関係する指示が掲示板にピン止めしてあるのを見つけた。レミュエル・グループは、好天ならば、島に遠足、ペダル夫人を同行し、十三時に出発のこと。同僚たちが冷笑し、肘をつきあいながら彼を見つめた。しかし彼らは何も言おうとはしなかった。それでもある女性が言った。船で連れてってくれるのよ。それが笑いの渦を巻き起こし、あまり笑ったので、自然と二人組が形成され、抱きあい、揺れあい、それぞれが相手の肩越しに笑い顔を見せた。レミュエルが好かれていなかったのは一目瞭然だった。それに彼はそんなことを望んだだろうか？　準備は整った。彼は書類に署名して立ち去った。太陽はまだ昇りかけたばかりだった。その太陽のおかげでたぶん五月の、あるいは四月の美しい一日になるはずのこの日が始まった。やっぱり四月だ、たぶん復活祭の週末で、イエスはそのときを地獄ですごしたのだ。そしてたぶんイエスを祝して、ペダル夫人は、レミュエル・グループのためにこの島への遠足を催した。それは高くつくが、裕福な婦人は好んで善行を施し、自分ほど恵まれないものたちに少しでも歓びをもたらそうとした。彼女はたっぷり良識に恵まれ、彼女に人生は微笑み、あるいはもっといいことには、彼女自身の表現を用いれば、彼女の微笑が鏡に映るように増幅されて返ってきたのだ。その鏡が凹面鏡か凸面鏡か、私にはわからない。レミュエルは苦い気持で太陽をにらみつけ、光の輝きを和らげる地上の大気に息をついた。そのとき彼は四階か五階かの自分の部屋にいたが、もしもっと一徹な性格なら、彼はそこの窓から、誰にも邪魔されずに何度でも身投げすることができたはずだ。外には銀色の長い絨毯が広がり、先が細くなって途絶え、静かな海の上で震えていた。美しい打ち出し細工だった。部屋は小さく、まったく空っぽだった。なにしろレミュエルはあちこちの床にじかに寝たし、少し休むのにもそうしていた。それでも確かにそれはレミュエルだったし、彼の部屋だった。サン゠ジャンに保護された面々はこの土地では善意でジャン゠ド゠ディユ族などと呼ばれていたが、こんなふうに彼らに関心をよせたのはペダル夫人だけではなかった。ほぼ二年に一度、美しく壮大なことで知られる名所の土地や海への遠足を催し、そして当地の月下のテラスで手品や腹話術の見世物に興じる機会を催したりするのも彼女だけではなく、彼女と意見を同じくして、時間も財力も同じく豊かにもつ夫人たちが協力していたのだった。しかしかんじんなのはペダル夫人だ。本題に戻ろう。レミュエルは台所に二つ重ねたバケツをもって行った。台所はひどく賑わっていた。スープ六人分、外出用だ、と彼はうなるように言った。なんだって？　炊事係が言った。スープ六人分、外出用だ。かまどに向けてバケツを投げながらレミュエルは怒鳴った。しかし取っ手を放してはいなかった。なにしろバケツを拾うためにわざわざかがみたくないと思うほどには、充分冷静さを保っていた。あたりが静まり返った。わかった、わかった、と炊事係が言った。外出用スープと、通常の所内のスープのちがいは、後者はまったく汁だけだが、前者には脂身が入り、それは遠足に出た連中が帰るまで体力を保つためだった。バケツがいっぱいになると、レミュエルは離れたところに隠れ、袖を肘まで上げ、バケツの底から次々六つの脂身をとりあげると、それは彼のと、他の五人のものだったが、それだけ皮まで貪って舐めた後でスープのなかに戻した。興味深いことは、いや結局それほどでもないのだが、外出用あるいは特製のスープを、彼が頼んだだけで出してくれたことだ。彼は別にそれを証明する必要もなかった。五人の部屋は、たがいに離れていて、抜け目なく配置されていたので、レミュエルはどうすれば、なるべく疲れず苛々せずに、次々彼らを訪ねていけるかわからなかった。最初の部屋には若い男、若くしてもう死んでしまった男がいて、古い揺り椅子に座り、シャツをめくりあげ、腿に手をおいていた、もし大きく目を見開いていなかったら眠っているように見えたはずだ。上からの命令によって強制されなければ、決して彼は外に出ることはなく、そのときは付き添って前進させてやらなければならなかった。便器は空だったが、昨夜のスープは固まっていた。これが逆だったら、それほど驚かなかっただろう。しかしレミュエルはそんなことには慣れていたので、この人物が何を糧に生きているのかもう問題にしなかった。彼は碗の中身を空のバケツにひっくり返し、いっぱいのバケツからできたてのスープを碗に注いだ。そして両手に一つずつバケツをもって、そこから出た。それまでは片手でバケツを二つともてばよかったのに。彼はドアの鍵を、ひどく注意深く締めた。外出が予定されていたからだ。最初の部屋から四百歩か五百歩離れたところにある第二の部屋に閉じ込められていた男の、ほんとうに目だつ特徴といえば、彼の背丈、ぎこちなさ、そしていつもそれはいったい何かと訝しがりながら何かを探している様子くらいなものだった。年齢を示すしるしは何一つなく、見事に若さを保っているのか、それとも反対に若くして萎びてしまったのか、不明だった。彼はイギリス人と呼ばれたが、ぜんぜんイギリス人なんかではなく、たぶんときどき英語を喋ったからだ。シャツを着たまま、一枚の毛布を産着のように巻きつけ、この無様な繭のかたちの上にケープをはおり、片手で寒そうにそれをひっぱっていた。なにしろ彼は自分にとって疑わしいことを全部点検するために別の手の助けを必要としていた。ところが足には何も履いていなかった。Good-morning, Good-morning, Good-morningと、まったく聞きなれない発音で言い、周囲を探るような目つきで、fucking awful business this, no, yes?［なんとでたらめな話だ、これは、ねえ、そうじゃないか?］と言った。たぶん彼は自分の考えを表に出すのが怖かったのだ。すぐ衝動を抑えたせいで、気づかぬうちに彼は部屋のなかを観察するのに最適の位置からずれていた。What! 彼は声を上げた。たぶんスープはほんの少しずつ味をみただけで、ほとんど便器のなかに棄ててあった。レミュエルが、器を空にして、またいっぱいにするというかんじんな仕事をこなすのを、彼は心配そうに見つめていた。Dreamt all night of that bloody man Quin again［また一晩じゅうあの血だらけのクインの夢を見たぞ］と彼は言った。彼にはときどき外出する習慣があった。しかし何歩か歩くとよろめきながら立ち止まり、振り向き、急いで部屋に戻った。わけのわからないことが多すぎたのだ。

第三の部屋では、痩せた小柄な男が活発に行ったり来たりしていた。ケープを畳んで腕にもち、手には傘をもっていた。絹のようにきれいな白髪を生やしていた。かすかな声で自分に質問し、考え、答えていた。ドアが開くとすぐに男は外に出ようとして突進してきた。彼は庭園を、来る日も来る日も、まさに縦横に歩いてすごした。バケツをもったまま、レミュエルは肩で彼をついて床に転がした。驚きが覚めても彼は起き上がらず、ケープと、放さないでもっていた傘を体に張りつけ、泣き始めた。第四の部屋には髭を生やした不恰好な大男がいて、彼の唯一の仕事は間をおいて体を掻くことだった。窓の下の床においた枕に斜めに座り、頭をうなだれ、目をつむり、口をあけ、両膝を立てて開き、片手を床につけ、別の手はシャツの下で右往左往させ、スープを待っていた。碗がいっぱいになると彼は掻くのをやめ、レミュエルのほうに手を伸ばした。自分で移動するのを避けたいと思ってのことだが、いつもこの望みはかなえてもらえなかった。彼はまだ羊歯の影や神秘に惹かれていたが、それを見るために外に出ることはなかった。以上、若者、イギリス人、痩せ男、髭男がいたわけだ。彼らがどうなったか知らない。もう覚えていない。他の連中のことは勘弁してもらいたい。第五の部屋にはマックマンがいて、まどろんでいた。

私もまだ生きのびていることを思い出すために少し書くとしよう。もう誰も来なかった。あの訪問からどれくらい時間がすぎたのか。わからない。長いこと。そして私。否定する余地もなく、死につつある、それだけのこと。この確信は何ゆえか。考えてみろ。考えられない。大げさな苦しみ。全身腫れている。爆発するかもしれない？

天井が、規則正しく、近づいては遠のく、胎児だったときのように。流れる水の激しい音も聞こえる、これは必要ナ変更ヲ加エルベキ現象で、たぶん砂漠の蜃気楼に似たものだ。窓。もうそれは見えないだろう、残念ながら首が回らない。また陰鬱な光、たっぷり注ぎ、渦巻きに引き裂かれ、底の明るい深い漏斗の形に窪んでいる。むしろ大気、何でも吸い込もうとする光と言うべきか。準備万端整った。私はまだだ。死のなかに生まれる、あえて言うならば。これが私の印象だ。奇妙な懐胎。もう足が出た、存在のでっかい陰部から。気の利いた登場、望むらくは。最後に私の頭が死ぬだろう。手を引っ込めろ。できない、引き裂かれ引き裂く女。私の話が止んでも、まだ私は生きているだろう。時間差は希望だ。私のことは終わった。もう私とは言わない。

ちっぽけな一族郎党を、ほぼ二時間かけて全員集め、レミュエルはテラスでペダル夫人の到着を待っていた。パットは手伝うのを断ったので、彼は全部ひとりでこなした。若者は痩せ男と一緒に、イギリス人は髭男と一緒に、足首を綱で縛ってつなぎ、自分はマックマンの腕を抱えていた。当のマックマンは午前中ずっと外に出られないのを怒り、自分に何が要求されているのか理解できず、いちばん激しく反抗した。とりわけ彼は帽子をかぶらず外出することを恐ろしく頑固に拒んだので、前準備にくたびれてしまったレミュエルは、ついにマックマンに言った、フードのなかにしっかり隠しておくならかぶっていてもいい。マックマンはそれでもそわそわし不機嫌で、腕を離そうとし、放してくれ！　放してくれ！とくりかえした。二人ずつ足首をつながれた他の哀れな連中と一緒に、自分が理解不可能な扱いや警戒の対象になっているのを見て、彼は苛々するばかりだった。太陽を嫌がる若者は、痩せ男の傘をやんわりと奪いながら、パーソル、パーソルと言った。痩せ男は、若者の手と前腕をきつくたたいた。意地悪！　助けて！と若者は叫んだ。髭男はイギリス人の首を腕で抱えてぶら下がり、両足をたるませていた。イギリス人は、よろめきながらも、倒れてしまうのは自尊心が許さず、怒りを抑えて説明を求めていた。Who is this shite anyway, any of you poor buggers happen to know.［いったいこの糞野郎は、どこのどいつだ。あんたらの誰か知らんのかね。］礼儀正しくするんだよ、ときどき所長が、あるいは一緒にいた所長代理が、途方にくれて言った。広いテラスにいたのは彼らだけだった。夫人は天気の崩れるのを心配したのかな、と所長は言った。そしてレミュエルのほうを振り向いて付け加えた、質問があるんだ。空には雲一つなく風もなかった。キリストの髭を生やしたハンサムな青年はどこにいるんだい？　それにしても、何かあったら彼女は電話をよこしたんじゃないかね？と所長は言った。

四輪馬車。ペダル夫人が御者の横に座っている。走行方向に平行になった座席の一方にはレミュエル、マックマン、イギリス人、髭男。マックマンも髭を生やしてはいたが。あとは？　もう一つの向かいの座席に、痩せ男、若者、そして水兵服を着た二人の巨漢が乗った。鉄格子の門を通りぬけるときには子供たちが拍手した。長く険しい急坂を下って、徐々に乗客は海に近づいた。ブレーキに締め付けられて、車輪は回るというよりもむしろ滑り、馬たちはよろめきながら、勢いに逆らって後足で立った。ペダル夫人は、体を後方に投げ出され、座席にしがみついた。夫人は大柄な、たっぷり太った女だった。鮮やかな黄色の花芯のついた造花の雛菊が大きな鍔のついた麦藁帽から迸り出ていた。同時に大きな水玉模様のついたベールの後ろで、彼女の赤い丸々とした顔が芽を吹いているようだった。乗客一同は、同じ惰性で座席の傾斜に身を委ねるしかなく、ごちゃ混ぜに座席の下に崩れ落ちた。後ろにじっとしていなさい！とペダル夫人が叫んだ。誰も動かなかった。それでどうなるんだ？　水兵のひとりが言った。どうにもならん、ともうひとり。みんなを降ろさなくちゃならないかしら？とペダル夫人は御者に言った。帰りはそうしなくちゃならんでしょう、と御者は答えた。下り坂をなんとか降り切ったところで、やっとペダル夫人は愛想よく招待客たちのほうを向いた。みなさん頑張って、と彼女は言った。気さくなところを見せるためだ。四輪馬車は速度を速めてがたつきながら進んだ。髭男は座席のあいだの床に横になっていた。あなたが責任者なの？とペダル夫人は言った。水兵のひとりがレミユエルのほうにかがんで言った。あんたが責任者か聞いているよ。ほっといてくれ、とレミユエルは言った。イギリス人が叫び声をあげた。ペダル夫人は、ちょっとでも熱気のしるしを見たがっていて、それを歓喜の表現とみなした。そうよ！　歌ってください！と彼女は声をあげた。この美しい日を楽しんでくださいな！　しばしのあいだ、気苦労を忘れて！　そして彼女は歌い出した。

ほら、うららかな季節
鳥の巣と薔薇のさわやかな日々
太陽が水平線にきらめいて
もうどこも扉は開けっ放し
嬉しい春を祝いましょう
祝いましょう――

彼女は、がっかりして黙った。みんないったいどうしたんです？と彼女は言った。若者は、もうさっきほど若々しくはなく、ケープの裾で頭を蔽い、体を二つに折って吐いているようだった。両足は、細くて極端なX脚だったが膝のところで、ぶつかりあっていた。小柄な痩せ男は震えながら、いつも震えているのはむしろイギリス人のほうだったが、また会話を再開した。声と声のあいだはじっと集中して、傘で勢いをつけ熱中した身振りで声を強めた。それでおまえは？……ありがとう……それでおまえは？……そうはいっても！……ほんとだ……右側？……やってみよう……どこだって？……雨だ……そうじゃないよ……帰ろう……どこに？……左へ……やってみよう……海の匂いがするでしょう、みなさん？　ペダル夫人が言った。私には匂います。マックマンは沖の方角に向けて身を乗り出したが、匂いはしなかった。レミュエルはケープの下から鉈をとりだして、それで何度か頭をたたいた。念のために刃のついていないほうで。生かした遠足だ、と水兵のひとりが言った。生かしてる、ともうひとり。青い空の太陽。エルネスト、ブリオッシュをちょうだい、とペダル夫人が言った。

ボート。四輪馬車と同じように座席があったが、二倍多く人が乗れて、詰めれば三、四倍でも乗れた。陸が遠ざかり、別の岸が近づいた、大小の島があった。オール、オール受け、船底を打つ青い海の音しかなかった。ペダル夫人は後ろに座り、悲しみに沈んでいた。なんて美しいの、と彼女はつぶやいた。ひとりぼっち、誰にもわかってもらえない、お人好し、お人好しすぎ。手袋を脱ぎ、サファイアをいっぱいつけた手を透明な水に滑らせた。四つのオール、舵はなく、オールが方向を決める。私の一族について何を言おうか？　何も。彼らはそこに存在し、それぞれが可能なかぎり、ど

こかに存在しうるかぎり、そこに存在するだけだ。レミュエルは港の尖塔の鐘楼の向こうの高い山々を見ている。それはむしろ

それはむしろ丘陵である。雑然とした平地の外にゆるやかに、青みがかって上昇している。そこのどこかの美しい家で、善良な両親のあいだに彼は生まれた。あそこにはヒース、単にエニシダとも呼ばれるがハリエニシダが生えていて、金色の鮮やかな花を咲かせる。大理石の石切職人のハンマーが朝から夕暮まで、鐘を打つような音を響かせている。

島。もうひと頑張り。小さな島で、外海に面したほうは入り江が食い込んでいる。そこで暮らすこともできるだろう、たぶんいい暮らしだ、もし生きることが可能ならば、しかし誰もそこで暮らしてはいない。高い岸壁のあいだの一番奥まった部分まで深い水が押し寄せている。やがてそこには、深い淵に隔てられた二つの島しかないだろう、最初は狭いその淵は何世紀もかけて、二つの島、二つの岩石、二つのサンゴ礁がたがいに崩れあうにつれてだんだん広くなっていく。こんなことを思うと、人間について語ることは難しい。エルネスト、こっちに来てください、とペダル夫人は言った。お食事する場所を探しましょう。モーリス、あなたは舟のそばにいてください、

と彼女は付け加えた。彼女はそれを舟と呼んでいた。痩せ男は島じゅうを走りたかったが、若者は岩陰に横たわった。それほど誇らしげな様子ではなかったが、姿勢のせいで彼はソルデルロ[21]に似ていた。ソルデルロは休息中のライオンみたいで、痩せ男はライオンにしがみついていた。可哀そうな人たち、放してあげなさいよ、とペダル夫人は言った。モーリスが彼女の言う通りにしようとしていたので、レミュエルはそのままにしておいてください、と言った。髭男はボートから降りようとせず、そのためイギリス人もそこに残っているしかなかった。マックマンにしても自由ではなかった。なにしろレミュエルが腰をつかんでいて、ほとんど情愛のこもった仕草で彼を自分のほうに押しつけていた。やっぱりあなたが責任者なんですね、ペダル夫人が言った。彼女はエルネストと一緒に遠ざかった。突然振り向いて彼女は言った。遺跡があることを知っていて

　この島に、ドルイド教徒の？　彼女の目が右往左往していた。一休みしたら探してみましょうよ、と彼女は言った。彼女は道を引き返し、腕に籠を抱えたエルネストがあとを追った。彼らが消えるとレミュエルはマックマンを放してやり、石に腰掛けてパイプをふかしている最中のモーリスに背後から近づいて、斧で、いやむしろ鉈で彼を殺した。話はどんどん進行する。若者と髭男は身じろぎもしなかった。痩せ男は珍

妙な仕草をした、傘を岩にぶつけて壊そうとしていた。マックマンは逃げようとしたが、やはり思い通りにいかなかった。イギリス人は前に体を傾げ、太腿をたたきながらNice work, sir, nice work! と叫んだ。少ししてエルネストが彼らを迎えに戻ってきた。レミュエルは彼の前に立ちはだかって前と同じように殺した。少しだけ長い時間をかけた。二人のたくましい男、穏やかで、無害で、義兄弟でもあり、どこにでもいるがさつ者だった。マックマンの大頭。彼は帽子をかぶった。太陽が山のほうに傾いていた。ペダル夫人の呼ぶ声が聞こえた。現れた彼女は楽しそうだった。みんなきて、きてくださいな、準備ができましたよ、と彼女は声を上げた。しかし死んだ水夫たちが目に入って、彼女は倒れた。Smash her!［彼女をやっちまえ］とイギリス人が怒鳴った。彼女はヴェールをあげて、手に小さなサンドウィッチをもっていた。倒れながら、彼女はどこか痛めたにちがいなかった、たぶん腰だ、老婦人たちは簡単にぎっくり腰になってしまう。とにかく息を吹き返すと、彼女は呻き始めた、まるで地上で哀れみに値するのは彼女しかいないみたいに。太陽が山の向こうに沈み、港の光が瞬き始めたとき、レミュエルはボートにマックマンと他の二組を乗せ、自分も乗り、六人みんなが岸を離れた。

ごぼごぼ水の捌《は》ける音。

この陰鬱な体たちの絡みあい、それが彼らだ。闇のなかでもはや彼らはひとつのかたまりにすぎない、黙ったまま、ほとんど見えない、たぶんたがいにしがみついている、頭はケープのなかで何も見えない。彼らは湾の遠くにいる、レミュエルはもう漕ぐのをやめ、オールは水のなかを滑っていくだけだ。夜は不条理にちりばめられ

不条理な光、星、灯台、ブイ、陸の光、そして山には燃えるエニシダのかすかな光。マックマン、私にとって最後の人間、私の持ち物、忘れちゃいない、彼もそこにいる、たぶん眠っている。レミュエル

レミュエルは責任者だ。彼は斧をあげる、それについた血は決して乾かぬだろう、しかし誰をやるためでもない。彼は誰もやらないだろう、もう誰もやらないだろう、もう二度と誰にも触れないだろう、それも使わないしそれも使わないし何も使わず何も使わずに

それも使わず自分のハンマーも棒も棒も拳も棒も使わず何も使わず思考のなかでも夢のなかでもなくつまり彼は二度と触れないだろう

鉛筆も棒も使わずに
光でもなくつまり光
二度とほら彼はもう二度と触れないだろう
二度と触れないだろう
ほら二度と
ほらほら
もう何も

一九四八年

01 「聖ヨハネの日」は、洗礼者ヨハネの誕生日とされる六月二四日。

02 「御変容（transfiguration）の祝日」は八月六日。キリストは高い山に登り、モーセとエリヤと語り合い、弟子を前にして姿を変え、「その顔は日のように輝き、その衣は光のように白くなった」（『マタイによる福音書』17－2）。キリストはこうしてみずからの受難と栄光を予言したと言われる。

03 「聖母被昇天の日」は八月一五日、伝承により、聖母マリアが死去したとされる日。

04 サポスカット（Saposcat）は、ラテン語 sapien（賢い、知的）とギリシア語 skatos（糞尿）を合わせた名前か。

05 「やっと広がって」は、ベケット自身による英訳では「やっと陰唇（labia）を広げて」となっている。この表現は、「骸骨の山の上に生み落とされる」（八四ページ）、「死のなかに生まれる」（一八三ページ）というベケットが反復するモチーフにかかわる。

06 「無よりも現実的なものは何もない」とは、プルタルコスの伝えたデモクリトスの言葉である。同じ言葉がベケットの『マーフィー』にも引用されている。ベケットは Archibald Browning Drysdale Alexander, *A Short History of Philosophy* に依拠している（Cf. Dirk Van Hulle, Pim Verhulst, *The Making of Samuel Beckett's* Malone meurt / Malone Dies, Bloomsbury / University Press Antwerp, 2017, p. 149）。

07 「彼の住む地方で、食糧事情に関することでは、いろいろ……いや、だめだ。」草稿ノートでは、この地方の「食料事情」や、市場や農民の経済的状況をめぐるかなり詳細な記述が約七ページにわたって続いていたが、この部分は削除された。*The Making of Samuel Beckett's* Malone meurt / Malone Dies には、省略部分の仏語原文が英訳付きで紹介してある（p. 163-178）。

08 カスパー・ダーヴィト・フリードリヒ（一七七四－一八四〇）はドイツロマン主義の画家、ベケットは一九三七年ドイツ旅行中に、この画家の作品『月を眺める二人の男』を見て強い印象を受け、これが『ゴドーを待ちながら』の発想の源になったと述懐しているが、それは同じ構図で描かれた『月を眺める男と女』のことだったという言及もある。ジェイムズ・ノウルソン『ベケット伝』上、白水社、四五〇－四五一ページを参照。

09 「ルイの一家」（Les Louis）にあたるところが、英訳版では「ランバート家」（The Lamberts）となっている。バルザックの小説『ルイ・ランベール』（*Louis Lambert*）の主人公の固有名が、それぞれに反映していると思われる。バルザックのこの作品は、自伝的要素を含む、ある神童の生涯を語ったもの。

10 「意欲」（仏語 conation、ラテン語 conatus）を「自己の存在に固執しようとする努力」として、特に『エティカ』において問題にしたのはスピノザであった。「あるイスラエル人」とはそのスピノザを念頭においているかと思われる。

11 このラテン語の語句は、Nihil est in intellectu quod non sit prius in sensu.（まず感覚のなかに存在しないものは、知性のなかに存在しない）という箴言の一部、出典は古代ギリシアの逍遥学派と言われる。次の「制限事項」とは、「まず感覚のなかに存在しないものは」という「制限」のことを示す。

12
「面白きかな大海にて」(*Suave mari magno*)は、ルクレーティウス『物の本質について』(Ⅱ1・4)からの引用で、該当箇所の文全体は「大海で風が波を掻き立てている時、陸の上から他人の苦労をながめているのは面白い」となっている(樋口勝彦訳、岩波文庫)。

13
インチと表記したが、原文ではプス(pouce)。メートル法以前のフランスでは、一プス=約二・七センチで、一インチ=二・五四センチと少し異なっていたが、現在ではインチのかわりに用いることもある。その一二倍、一ピエ(pied)と一フィート(foot, feet)に関しても同様で、かつては一フィート=三〇・四八センチに対して、一ピエ=三二・四八センチであった。

14
メムノーンはギリシア神話に登場するエーオース(暁の女神)の子、エチオピアの王となりトロイアに加勢するが、アキレウスに殺される。エジプトのナイル川沿岸に立つファラオ、アメンホテプ三世の二体の像が、メムノーンの巨像と呼ばれてきた。

15
「万聖節」は、諸聖人を祝うカトリックの祝日で十一月一日。フランス語ではトゥサン(Toussaint)、英語 All Saints' Day、ハロウィーンは、その前夜祭である。

16
ドイツ、バイエルン州の都市ヴュルツブルク(Würzburg)の司教館(レジデンツ)には、イタリアの画家ティエポロ(一六九六‐一七七〇)の描いた天井画がいまも残っている。トレマはドイツ語で用いられるウムラウト(変母音)と同型の符号で、フランス語では「分音記号」として用いられる。

17
「シテール島」はフランス語読みで、エーゲ海のキティラ島のこと。ワットーの絵『シテール島への巡礼』、ボードレールの詩『シテール島への旅』などが連想される。

18 「盗人が一人救われた」――キリストとともに磔刑になった泥棒二人（そのうち一人はキリストの赦しにより天国に行くことになる）に関する新約聖書（とりわけ『ルカによる福音書』）の記述に、ベケットは『ゴドーを待ちながら』でも『モロイ』でも触れている。また本書一四九ページのモルの耳飾りに関するところでも言及している。

19 神の聖ヨハネ（Saint Jean de Dieu）は、ポルトガルに生まれた聖ヨハネ・ア・デオ（一四九五－一五五〇）で、この聖人の名をつけた病院がダブリン（Saint John of God Hospital）にも、パリにも存在する。

20 グラスネヴァン墓地――「当地の名高い墓地の名前」と、フランス語版でベケットは、ダブリンにあるこの墓地についてだけ注をつけている。この墓地は、ジョイス『ユリシーズ』第六章「ハデス」の場面でもあり、ジョイスの両親もここに埋葬されている。

21 ソルデルロ（Sordello）は、十三世紀イタリアの吟遊詩人（Troubadour）、ダンテ『神曲 煉獄篇』第六－九歌に登場する。『モロイ』でも言及されていた。

訳者あとがき

宇野邦一

私たちは、あまりにも大規模なのでその概要すらつかめないような実験の一部なのだろうか。

——J・M・クッツェー「サミュエル・ベケットを見る八つの方法」(田尻芳樹訳)

この作品の前に書かれた『モロイ』の「語り」は、すでに「語り」自体をたえず疑い、停止させ、失速させ、分岐させ、方向を見失い、混沌に迷い込んだかのようにして、いつのまにか終わっていた。それにつれて主人公の体もだんだん麻痺していき、記憶は途切れてはかすかに蘇るだけで、人間の外に脱落しかけたようだった。主人公をめぐる世界の崩壊が進むが、それでもこれを語る物語の線と言語は、かろうじて維持されていた。運命のように蒸発し放浪する男の「話」には、実に素っ気ない出会いや暴力の場面が含まれているだけで、劇的展開はほとんどゼロに近い。そのかわりに無意味に見えるすべての些細なことが出来事であり、むしろたえまなく出来事は発生していたのだ。何もかも失って彷徨し、元の居場所に戻ったが、その主人公の心身も、そして語りも、不思議に頑強で、ある特異な視点から世界を見つめる視線は、なお保持されている。「また終わるため」に「語り」を再開する意欲も動機も確かに持続しているようだ。

『モロイ』に続けて書かれる『マロウン死す』で、物語を位置づける時空の観念は、もっと不連続で、しばしば唐突に切断される。基底の時間は、話者が自分の死に臨む時間に設定されている。その話者はおよそ三万日生きたとか、年齢は九十あるいは四、五十代であるとも、いい加減に書かれる。時間の観念などないに等しいが、死または終わりの観念ならば確かにある。しかし死はもちろん体験しえない出来事である（それなら生は体験しうるのか？という問いが当然わきあがってくる）。語り手の思考は、体験しえない死をめぐり、死の前のそのまた前の時間のなかにあるしかない。『マロウン死す』では、実際に起きる死も、殺人の行為さえも、ひどくあっけなく、説明なしに到来するだけである。〈臨死〉の時間を引き延ばし、加工し、仮構することができるのはベケットの言葉、語り手に託された思考だけである。

「それにしても私はもうすぐ、やっと、すっかり死んでしまうはずだ（Je serai quand même bientôt tout à fait mort enfin）」奇妙な始まりである。死んでしまうにしても、死の瞬間まで書くことはできないのだから、書けなくなる寸前まで、とにかく書き続けるという決意表明のようである。しかし「私は戯れるつもりだ」。死に向かう時間をつぶさに、まじめに描き続けるかと思えば、読者はさっそく裏切られる。語り手は迂回し、戯れては、しょっちゅう退屈している。サポと呼ばれる子供の生い立ちを書き始めるのも、退屈しのぎなのだ。サポがよく訪れる農民ルイの一家。死んだラバや、食用に殺されるウサギの話。サポの一家と農民のルイ一家のつつましい生活の物語には、ベケットの自伝的要素も挿入されているにちがいなく（「この聡明で我慢強い少年は、ぜんぜん私に似ていない」と言いながらも！）、彼独自の注意をいきわたらせた描写の精彩もあって読者を引き込む。ベケットは十九世紀のリアリズムの作家のように、細密な描写を巧みに重ねる才能も確かにもっていた。

しかしそれも否定するように、「なんと退屈な」と書きながら、話者はこの挿話をしばしば中断し、施設で介護を受けながら執筆を続けている現場に戻ってくる。死に至る時間を書き続けることが本題だったようだが、「私は戯れるつもり」なのだから、退屈しのぎに何を書いてもいいのだ。どうやら自分の持ち物の目録を作ることが、かんじんな宿題のようである。わりと秀才でもあるらしい純朴な少年サポの話はいつのまにか打ち切られる。いつのまにかサポは蒸発して年老いたマックマンとなり、話者と同じように施設に入って介護を受ける身である。どうしてそんなことになったのかの説明は省略されている。マックマンは確かにマロウンの分身である。いわずもがな、二人ともベケットの分身である。

　モロイ、モラン、マロウン、マックマン、もう若くはないが年齢不詳、体が不自由で、記憶もあやふや、孤独癖に放浪癖、退屈しのぎにする回想や思考は偏執的に細かい。ベケットの、ちっとも重要でない惨めな重要人物Mたちのせいぞろいである。このあとの「重要人物」はもはや「名づけられないもの」となる。施設に収容されたマックマンの話、すでに冒頭から施設のなかにいて死に至る時間とともに書き続ける話者の語り（マロウンという話者の名が記されるのは、やっとマックマンが出現する直前になってからである）、二つが交錯しながらの不協和な二重奏が続く。二つの記述の印象はどうしても交錯するが、混合することはない。「もう何も」という終わりの言葉が、マロウンの語りの終わりと、マックマンの物語の終わりをぴったり一致させるだけだ。

　マロウン死す。マロウンは死ぬ。この文は実に奇妙なのだ。死とは、（生物学的には）たえず進行しつつあるものであるとはいえ、人の意識にとっては、あくまで来たるべきこと、そして他者の死として完了したことであるにすぎない。マロウンは死ぬであろう、マロウンは死んだ、という表現だけがほんとうは可能なのだ。マロウンは走る、マロウンは泣く、というようにマロウンは死ぬ、ということはできない。私は死んだ、という言表はもちろん不可能で、私は死ぬだろう、しかありえない。語り手マロウンは、しばしば自分の死体が片付けられる場面を想像して時間をつぶす。死も、死後も、ただ想像するしかないものだ。死の表現が必然的にともなう時間差、死という〈出来事〉の奇妙さゆえに、死の思考はいつも錯誤をともなうしかない。ちなみに、死の脅威や不安や悲惨を描く作品や思索ならば、世界にあまた存在してきた。しかし、死をめぐる認識のこの本質的な〈錯誤〉自体がようやく明瞭に問われ、思考されるようになったのは、どうやらハイデッガー、そしてブランショたちの哲学的思索においてのようである。

そしてこれはそもそも言語が何を意味するか、何を意味しうるか、意味とは何かという問題にかかわるのである。「マロウンは死ぬ」、「私は死ぬ」という命題は、言葉を奇妙な空虚のなかに突き落とす。『マロウン死す』という作品の言葉は、この空虚のなかを旋回し、軋りをあげながら、意味と無意味のあいだを彷徨し続けるようだ。そしてどこにも行き先はなく、ただ消滅して終わるしかない。このように言語自体における空虚やねじれと、それにともなう錯誤を精密に浮かび上がらせるような過程として作品を書いた作家は、他にもいないことはないが（いま例えば私はレーモン・ルーセル、アントナン・アルトーを思い浮かべている）、この点で確かにベケットは先駆者であったと言ってよいと思う。

したがってベケットのこの作品に言語哲学的な問いを読み込む見方が、当然ありうる。論理哲学の立場から命題の真偽を徹底的に考察することからはじめて、命題の真偽を決定する言語使用の条件を考察し、ついには論理哲学の成立条件の限界に立って思考することになったあのウィトゲンシュタインの試みを、ベケットを読みながらときどき私は思い浮かべてきた（「私を理解する人は、私の命題を通り抜け――その上に立ち――それを乗り越え、最後にそれがナンセンスであると気づく」、『論理哲学論考』野矢茂樹訳）。若くして哲学のかなり鋭利な読者でもあったはずのベケットは、しかし結局は哲学を棄ててしまったようなのだ。とにかく言語自体の裂け目にたえず直面しながら、哲学の外で思考せざるをえなくなったのだ。非常に哲学的であり、哲学的であるがゆえに哲学を棄てて、奇妙な独創的作品を書き続けた、そんなふうにベケット文学の動機を思い描くこともできる。しかしこのこともその一面にすぎない。物語を語る豊かな才能にも、イギリスロマン派を思わせる詩人の資質にも、ベケットは恵まれていたが、これにも彼自身が反発したのだ。

　はじめに私（マロウン）は、退屈しのぎに、少しバルザックが書いたようにサポの子供時代を描いていた。後でもマロウンは、切れ切れに「微笑ましい」ような子供時代を回想する。晩年の作品『伴侶』にも登場するベケットの子供時代のエピソードと重なるところもある。サポの両親やルイ一家の人々の肖像ももちろん読ませる要素だ。二十世紀の存在論や言語哲学を貫通するように研ぎ澄ました思考があると同時に、べケット文学の基底には、幼児、農民、そして無一物の流離の生という純朴な生のかたちが確かに持続している。動物、鳥、虫への共感も一貫している。キリストのイメージが、頻繁にではないが、繰り返し現れる。しばしばキリストの横で磔になった二人の泥棒とともに言及される。したがって泥棒のように惨めで無一物のキリストのイメージが浮かび上がる。

モルとマックマンの老いらくの恋は、滑稽に、グロテスクに描かれるが、それでもこれは最後の、壊れやすい純愛であり、ロマン主義的な装飾をぜんぶはぎとった愛の挿話なのだ。たとえばベケットの最晩年の映像作品『夜と夢』は、同名のシューベルトの歌曲とともに反復され、「慰めの盃」の祈りのように凝縮された作品である。暗闇から現れた手が、うずくまっていた男の唇に盃をさしのべる、この動きが歌曲とともに繰り返されるだけの短い映像である。そういうかたちにまで収斂していったベケットの敬虔さ、純情を忘れることはできない。

ベケットとキリスト教との関係については、一大論文が書かれても何ら不思議ではない。『モロイ』のモランは日曜のミサを欠かさない敬虔で頑固な信徒であった。『モロイ』の最後には、少し奇妙な神学的な問いのリストが掲げられ、モランはそれを考えて時間をやりすごしたのだ。ベケットの強固な哲学的素養からして、キリスト教神学の錯綜した深みに関心をもたなかったはずはない。長く宗教戦争の葛藤をくぐりぬけてきたアイルランド出身の知識人には、どうしても深く染みついた宗教的体質のようなものがあったかもしれない。同時代の世界の革新的文学者たちに比べても、それ以上に革新的だったベケットには、意外にキリスト教の影が色濃くしみ込んでいたとも思える。しかしキリスト教という〈バックボーン〉からベケット文学を読み解こうとすることは、興味深い研究主題にはなりえても、ベケットの歩んだ道とは適合しない。ベケットは敬虔であり破壊的である(古典的であり前衛的である)。文学上の破壊と実験を通じてベケットは、信仰に執着したのではなく、ある(世界への? 生への?)信頼だけを強固にしていったようなのである。

ベケット文学に散見される祈りの表情、小鳥の歌のような響きは、絶望、アイロニー、黒いユーモア、根深いペシミズム、孤独の表現とともに、決して無視できない要素だ。祈り、純情、涙、放心、待つこと、それらの簡素な反復、リトルネロ(リフレーン)は確かにベケット文学の基本要素である。

春うららの日、四輪馬車とボートの遠出、マックマンも連れていかれる死のピクニック。死を待機し、死の予感をつぶさに観察し思索し、死の進行を味わいつくそうとするかのように、書き言葉は紡がれてきたのに、ここで死は、いかにも唐突で、あっけなく、そっけない。どうやら言葉は、十分に死を描くことも、認識することもできない。言葉は死を意味できない。たぶん言葉が死だからである。すでに言葉は生からの、その持続からの脱落を意味するからである。この究極の認識とともに、言葉が死に絶える瞬間が記されるようだ（「もう何も」）。

『マロウン死す』を現代文学の手法や問題意識の観点から考えるならば、当然「書くこと」自体について書いた特異な小説という面を無視することができない。マロウンの鉛筆とノートに、ベケットの記述は繰り返し戻ってくる。死が訪れる前に、鉛筆あるいはノートが失われたなら、それはすでに言葉が途絶えるときである。書くことについて書くこと、語ることについて語ること、言葉についての言葉、メタフィクション、紋中紋（入れ子構造 mise en abyme）は、現代芸術のひとつの宿命とも言える。プルースト、ジッド（『贋金つくり』）のような先駆者の例もある。しかしベケットは決して「手法」によって目覚ましい作家ではない。むしろ、どこまでも「思考」の作家なのだ。書くことを、言葉を、意味を、どこまでも思考せずにはいられない。「この混乱のどこかで、やはり思い違いしたまま、思考は必死にもがいている。思考もまた私を探すが、あいかわらず、そこに私はいない。思考のほうも静まることがない」（一七ページ）。「生きること、そして生かしてやること。言葉を糾弾してみてもはじまらない。言葉は空しいが、言葉がかついでくるものだって空しい」（三三ページ）。「いや、問題は理解することではない。それなら何が問題なのか」（四〇ページ）。そのようにひどく明敏でありながら消耗していく思考が、「書くこと」に集中しては、また書くことの外に脱落し、語りを続け、そしてまた戻ってくる。

「私の小指は紙の上に横になり、鉛筆の先を行き、文の終わりで外れながら終わりを知らせる。しかし別の方向、つまり上から下には、あてずっぽうで進むだけだ。私は書きたくなんかなかった。仕方なく書くことにした。自分がどこにいるのか、彼がどうなっているのか知るためだ。初めは書くのではなく、喋るだけだった。それから自分の喋ったことを忘れるようになった。ほんとうに生きるためには最小限の記憶が欠かせない。たとえば彼の家族のことなんか、ほんとうに何も知らないと言っていい。しかしあわてることはない。どこかに記してある。これは彼を監視するための唯一の手段だ。しかし、こと私に関するかぎり、同じ欲求は感じられない。私自身の物語だって、私はわかっていない、忘れてしまう。だが、そんなものを知っている必要はない。それでも自分について書く、彼について書くのと同じ鉛筆で、同じノートに」（五四ページ）。「私は書いたところだ。私はまた眠っていたようだ、などと。自分の思考を歪曲していなければいいが。また自分から離れていく前に、いまこの数行を付け加える」（五六ページ）。「私の覚え書には困った傾向があって、記録の対象であるはずのことをかき消してしまうのだ」（一四二ページ）。

書く、書くことについて書く、書いたことを消す、忘れる、斥ける、書くことに抗うようにして思考が戻ってくる。思考と言葉と書くことのあいだがねじれながら、くんずほぐれつする。この往復と反復を通じて、生と死のあいだの時間を記述しようとするが、それは不可能である。しかし不可能なことを可能にしようというわけではない。可能なことはただ消尽されなければならない。「無よりも現実的なものは何もない」（二八ページ）。

ベケットの「思考」の過程が、必然的にこのように「書くこと」についても徹底した思考を要請した。そういう転換が「手法」となり「現代文学」の特性などとして意識されたとき、とたんにそれは過去のものになってしまう。しかし過去はただ現在から遠いのではない。時間をめぐるそういう錯誤に関しても、ベケットは明敏だった。たとえば『神曲』を「古典」の枠組みのまったく外で読むベケットがいた。二十世紀は、哲学の思考さえも問い直すようにして、このような究極の思考を記す文学が登場した時代である。その同時代の世界を、究極の愚かで冷酷な暴力が席巻した。そしてベケットの連作は、これで終わりではなく、もう一作によって、さらなる崩壊（消尽）に突き進んでいかなければならない。

*

この『マロウン死す』はフランス語原文からの翻訳で、Samuel Beckett, *Malone meurt*,

Les Éditions de Minuit, 1951 / 2001によっている。英語版としては*Malone Dies*が*Molloy*, *The Unnamable*とともにEveryman's Library（1997 / 2015）の一冊としてあわせて収録されており、それを参照している（英語版は、ベケット自身の訳によって最初に一九五六年に公刊された）。

『マロウン死す*Malone meurt*』の最初の草稿は、一九四七年一一月二七日から一九四八年五月三〇日にかけて、二冊のノートにフランス語で書かれた。一冊目のノートには、『ワット*Watt*』の最後のパートが書いてあり、『マロウン死す』はその後に続けて書き始められた。二つのノートの表紙には*L'Absent*（「不在の者」）と記してあり、これが最初のタイトルであったようだ。

この作品はすでに『マロウンは死ぬ』というタイトルで、二度日本語に翻訳されており、訳文を参照させていただいた。すなわち永坂田津子・藤井かよ訳、太陽社、一九六九年、そして同じ年に高橋康也訳、白水社が出版され、後者は講談社「世界文学全集」（99）一九七六年にも再録されている。どちらの訳も英語版を底本としたものだった。高橋康也訳（白水社）にはフランス語版と、いくつかの英語版のあいだの異同を細かく点検した結果が訳注に記してある。共訳として出版された『モロイ』の英語版に比べると、ベケットひとりの訳による*Malone Dies*は、それ以上に「書き直し」という性質をもっている。細かい加筆、変更、削除が数々あり、フランス語版からそつくり削除された部分もある（たとえば一〇一ページ「または、ジャクソンのように喋るなら、……たぶんこのことを言わなければならなかった。」の部分である）。

仏語版、英語版の成立過程をあわせて詳細に研究した書物としてDirk Van Hulle, Pim Verhulst, *The Making of Samuel Beckett's Malone meurt / Malone Dies*, Bloomsbury / University Press Antwerp, 2017があり、訳註の記述においても参照している。

サミュエル・ベケット | Samuel Beckett
1906–1989

アイルランド出身の小説家・劇作家。1927年、ダブリン・トリニティ・カレッジを首席で卒業。28年、パリ高等師範学校に英語教師として赴任し、ジェイムズ・ジョイスと知り合う。30年、トリニティ・カレッジの講師職を得てアイルランドに戻るも翌年末に職を離れ、その後パリに舞い戻る。33年末から35年末にかけて鬱病の治療を受けにロンドンで暮らし、一時は精神分析を受ける。その後ダブリンやドイツ各地を経て37年末に再びパリへ。38年、路上で見知らぬポン引きに刺される。39年夏に一時ダブリンに戻るも、フランスがドイツと交戦状態に入ってまもなくパリへ戻る。戦中はフランスのレジスタンス運動に参加。秘密警察を逃れ、南仏ヴォークリューズ県ルシヨン村に潜伏、終戦を迎えた。46年頃から本格的にフランス語で小説を書きはじめる。小説三部作『モロイ』『マロウン死す』『名づけられないもの』は47–50年に執筆、51–53年にミニュイ社より刊行された。52年『ゴドーを待ちながら』を刊行、53年1月にパリ・バビロン座にて上演。これらの作品は20世紀後半の世界文学の新たな創造を先導することになる。69年、ノーベル文学賞を受賞。映像作品を含む劇作や短い散文の執筆を、フランス語と英語で晩年まで続けた。

宇野邦一 | うの・くにいち

1948年生まれ。哲学・フランス文学。著書に『土方巽——衰弱体の思想』、『〈兆候〉の哲学』、『ドゥルーズ——群れと結晶』、『政治的省察』など。訳書にベケット『伴侶』、『見ちがい言いちがい』、アルトー『タラウマラ』、ジュネ『薔薇の奇跡』、ドゥルーズ『フランシス・ベーコン』など。

Samuel Beckett
MALONE MEURT, 1951

マロウン死す

2019年8月20日　初版印刷
2019年8月30日　初版発行

著者　サミュエル・ベケット
訳者　宇野邦一
発行者　小野寺優
発行所　株式会社河出書房新社
〒151-0051
東京都渋谷区千駄ヶ谷2-32-2
電話03-3404-8611（編集）
03-3404-1201（営業）
http://www.kawade.co.jp/
印刷　株式会社亨有堂印刷所
製本　加藤製本株式会社

Printed in Japan
ISBN978-4-309-20779-7

宇野邦一 個人訳
サミュエル・ベケット
小説三部作

モロイ★
マロウン死す★
名づけられないもの

［★は既刊］